KB045328

변명 vs 변신

APOLOGIA SOKRATOUS

『소크라테스의 변명』 **생각을 바꾸는 인문학** 카프카의 『변신』

변명 vs 변신

죽음을 말하는 철학과 소설은 어떻게 다른가

Als Gregor Samsa eines Morgens aus unruhigen Träumen erwachte, fand er sich in seinem Bett zu einem ungeheueren Ungeziefer verwandelt. Er lag auf seinem panzerartig harten Rücken und sah, wenn er den Kopf ein wenig hob, seinen gewölbten, braunen, von bogenförmigen Versteifungen geteilten Bauch, auf dessen Höhe sich die Bettdecke, zum gänzlichen Niedergleiten bereit, kaum noch erhalten konnte. Seine vielen, im Vergleich zu seinem sonstigen Umfang kläglich dünnen Beine flimmerten ihm hilflos vor den Augen.

DIE VERWANDLUNG

»Was ist mit mir geschehen?«, dachte er. Es war kein Traum. Sein Zimmer, ein richtiges, nur etwas zu kleines Menschenzimmer, lag ruhig zwischen den vier wohlbekannten Wänden. Über dem Tisch, auf dem eine auseinandergepackte Musterkollektion von Tuchwaren ausgebreitet - Samsa war Reisender -, hing das Bild, das er vor kurzem aus einer illustrierten Zeitschrift ausgeschnitten und einem hübschen, vergoldeten Rahmen untergebracht hatte. Es stellte eine Dame dar, die mit einem Pelzhut

FRANZ KAFK

스타북스

플라톤 프란츠 카프카 지음 | 김문성 옮김

죽음을 말하는
철학과 소설은
어떻게 다른가?

'악법도 법이다', '너 자신을 알라'로 알려진 위대한 사상가

지혜를 사랑한 위대한 사상가 소크라테스는 살아 있는 동안 아무런 글도 남기지 않는다. 하지만 그의 제자 플라톤이 심혈을 기울여 스승의 사상과 철학적 삶을 알리는데 그중 소크라테스의 삶과 철학을 엿볼 수 있는 저서로 『소크라테스의 변명』이 가장 유명하다.

『소크라테스의 변명』은 소크라테스가 사형당하기 전 법정에서 변론하는 형태로 이루어져 있다. 소크라테스는 자신이 고발당한 죄목에 대한 부당함을 하나하나 열거하며 변론한다.

소크라테스의 죄목은, 첫째로 소크라테스는 하늘에 있는 것과 땅속에 있는 것을 탐구하는 괴상한 사람으로 악행을 일삼으며 악을 선처럼 보이게 하고 남에게도 터무니없는 것을 가르친다라는 것이다. 둘째로 국가가 신앙하는 신을 믿지 않고 새로운 신을 믿는 죄를 범했으며 젊은이를 타락시킨다는 것이다. 그러나 소크라테스는 이것이 오해임을 밝히며 자신은 자연철학을 모르기 때문에 그러한 것들을 가르친 적이 없고 이러한 오해를 받게 된 원인이 델포이 신탁의 말에 있다고 했다.

소크라테스는 자신이 세상에서 가장 현명한 사람이라고 생각하고 그 의미를 밝히기 위해 자기보다 현명한 자들을 찾아 나선다. 소크라테스가 찾아간 이들은 자신이 실제로 지닌 지혜보다 많은 지혜를 가졌다고 생각했다. 그러나 소크라테스는 자기는 자신의 무지를 알기 때문에 이들보다 현명하다는 결론에 이르고 자신의 무지를 모르는 이들을 일깨워 주기 위해 사람들을 찾아다녔는데 그로 인해 사람들의 미움을 받게 되었다며 경위를 설명한다.

이러한 소크라테스의 변명에도 불구하고 그는 30표라는 근소한 차로 유죄로 결정된다. 유죄 결정 후 형량을 결정하기 위해서 다시 피고인 소크라테스의 진술이 전개된다. 그러나 소크라테스는 애걸하기는커녕 자기는 국가적 귀인으로 대접 받아야 마땅하다고 진술한다. 그리고 형량을 표결에 부친 결과 그에게 사형이 언도된다. 그러자 소크라테스는 유죄 투표를 한 사람들을 향하여 "여러분은 나의 죽음을 결정했지만, 내가 죽은 후 곧 당신들에게 징벌이 내릴 것이다"라고 예언한다. 그리고 나서 무죄 투표를 한 사람들을 향해 자기 자신에게 있었던 일을 반성하면서, 죽음의 의미에 관해 "선한 사람들에게는 살아 있는 동안이나 죽은 후에나 악한 것은 하나도 없다"라는 확신을 이야기한다.

『소크라테스의 변명』은 단편이기는 하지만 소크라테스 자신의 치열하고도 경건한 철학 정신이 잘 묘사되어 있는 대화편으로서, 객관적 삶의 태도와 정신의 일치가 철학함의 진정한 전형

임을 일깨워 주고 있다.

최후 진술에서도 소크라테스는 담대하고 차분하게 말한다. 이때 자신을 극형에 처하려는 법의 부당함을 주장하지 않고 목숨을 구걸하는 행위 역시 하지 않는다. 준엄하고 당당하게 의견을 밝히고 죽음을 두려워하지 않으며 오히려 자신의 신념을 위해 기꺼워하는 모습을 보여 준다. 그리하여 판결을 받아들이고 조용히 죽음을 택한다. 여기에 소크라테스의 죽음과 삶에 대한 철학과 훌륭한 인격이 드러나 있다.

소크라테스는 단순한 지식이 아닌 실천하는 지식을 중요하게 보았고, 일방적으로 해답을 주기보다 상대방에게 질문을 하여 무지를 깨닫고 진리를 찾아갈 수 있게 도왔다. 독단적인 지식을 배격하고 잘못을 제거하여 일반적인 진리에 도달하게 한 것이다. 또한 선을 중요시했고 도덕적이고 금욕적인 삶을 추구했다. 진리를 위해서라면 죽음 앞에서도 당당했던 소크라테스의 말들은 현대인에게 교훈을 주는 바가 대단히 크다고 할 수 있다.

절망하지 말라, 너에겐 절망할 권리가 없다

"절망하지 말라. 설사 네가 절망하지 않을 수 없는 상황에 처하더라도 절망하지 말라. 이미 끝난 듯싶어도 결국에는 또다시 새로운 힘이 생겨나게 되어 있다. 모든 것이 정말로 끝장이 났을 때에는 절망할 이유조차 없지 않은가?"

이렇게 말한 카프카는 독일문학뿐 아니라 세계문학을 통틀어 가장 많이 연구되고 가장 많은 사람들의 입에 오르내리는 작가 중 한 사람으로 꼽힌다.

세계의 수많은 사람들이 이렇게 카프카의 문학을 주목한 이유는 그가 인간이라는 존재의 불안과 고독 그리고 극한 상황에 놓인 사람들의 이야기를 놀라울 정도로 문학 속에 잘 녹여내기 때문이다.

카프카의 작품들은 소심하고 나약한 개인의 일상이 일방적이고 폭력적인 권위의 힘에 맞서지 못하고 무너져 내리는 과정을 그리고 있다.

이 작품 『변신』은 주인공 그레고르 잠자가 어느 날 아침 불안한 꿈에서 깨어났을 때 자신이 끔찍한 벌레인 해충으로 변하면서 그의 가족들과 겪는 갈등을 다루고 있다. 그레고르 잠자의 운명은 「시골의 결혼준비」에서 라반의 꿈을 연상시킨다. 라반은 자아를 딱정벌레의 형상으로 침대에 누워 있도록 만든 반면에 잘 차려입은 자신의 육체만을 시골에 보냄으로써 세상의 요구를 충족시키고 싶어한다. 이 소설에서도 잠에서 깨어날 때 그레고르 잠자에게 떠오른 생각은 자신이 유능한 사원임을 끊임

없이 확인시켜야 하는 압박감에 시달리면서도 가족의 생계를 책임져야만 한다는 것이다. 변신은 바로 그의 억압된 소망들을 표현한다. 그는 자신을 멋대로 다루는 고용주와 아버지에게 반항하며, 그의 반항은 무의식 속에서 공포의 형상을 만들어낸다. 퇴행을 통해 그레고르 잠자는 노예 상태에서 벗어나고 식객의 역할이 바뀐다. 그러나 가족들은 그를 제거해야 할 기생충으로 여기고, 누이동생이 내린 결정에 의하여 그는 최후를 맞는다.

이튿날 아침 그레고르 잠자가 죽자 몇 개월 동안 그 때문에 마음고생을 하던 가족들은 가벼운 마음으로 교외로 소풍을 떠난다. 그들은 전차 속에서 얼른 기분전환을 한 뒤 그레고르 잠자의 시체와 짐을 빨리 처리하고 다른 곳으로 이사하기로 계획까지 세운다. 그들 모두가 탄 칸은 따뜻한 햇볕이 속속들이 들어와 있었다. 그들은 좌석에 편안히 기대고 장래의 전망에 대해 논의했는데 좀 더 자세히 관망해 보니 장래가 어디까지나 암담하지만은 않다는 사실이 드러난다.

그레고르 잠자가 자신의 방을 벗어나려는 시도는 자신을 가족의 구성원으로 받아달라는 처절한 몸부림이다. 그 몸부림이 실패로 돌아가는 것은 가족 구성원 간의 진정한 소통의 부재를 의미한다. 가족 간의 소통도 이렇게 안 되는데 사회구성원 사이는 오죽하겠는가.

그레고르 잠자의 불행에 대해 가족의 책임이 크다고 할 수 있

으며 비인간적인 공포의 형상 속에서 가족 자체의 비인간성까
지 드러나는 것을 볼 수 있다. 이것은 변신한 아들에 맞서는 아
버지의 모습에서도 찾아볼 수 있으며, 이 소설의 비인간적인 결
말은 가족의 참모습을 분명하게 보여 준다.

　『변신』은 카프카가 살아 있을 때 출간된 소수의 작품 중의 하
나이다. 변형기담變形奇譚에 특유한 유머와 이상한 사건을 예사
로운 일처럼 묘사하는 작자의 냉정하고 사실적인 문체는 독자
로 하여금 실존實存의 차원과 부조리의 세계로 끌어들이는 박력
을 지니고 있다. 따라서 『변신』은 현대인이 언제 어느 상황에서
처하게 될지도 모르는 절망적인 세계 속에 유폐된 소시민의 생
활을 상징하는 것이다. 『변신』은 나약한 인간이 불안과 고독 그
리고 극한 상황에 놓인 현실에서 폭력적인 권위의 힘에 맞서지
못하고 무너져 내리는 과정을 그린 작품으로, 카프카의 대표작
으로 평가되고 있다.

김문성

Contents

Apología Sokrátous

소크라테스의 변명

플라톤

서론에 해당하는

1차 변론

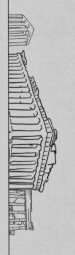

01

아테네 시민 여러분!(소크라테스는 배심원들을 '재판관 여러분'이라는 관례적인 호칭이 아닌 '아테네 시민 여러분'을 사용했다. 배심원들이 그를 재판할 도덕적 권리가 없다고 여겼기 때문이다.) 여러분이 나를 고발한 사람들의 연설을 듣고 어떤 느낌을 받았는지 알 수 없습니다. 그들의 말은 나 자신 역시 내가 누구인가를 잊을 정도로 그럴 듯한 것이었습니다. 그만큼 그들의 말은 설득력이 있었습니다. 그러나 그들은 진실한 말은 단 한 마디도 하지 않았습니다. 뿐만 아니라 그들이 한 숱한 거짓말 가운데 나를 가장 놀라게 한 말은 나의 웅변에 속지 않도록 조심하라는 말이었습니다. 그들은 마치 내가 대단한 웅변가라도 되는 것처럼 말했습니다. 내가 입을 열면 변변한 웅변가가 아니라는 사실이 드러나고 말 텐데도 그들은 그 말이 부끄러운 줄도 몰랐습니다. 이것이야말로 그들이 얼마나 파렴치한가를 알 수 있습니다. 만일 그들이 진실을 말하는 사람이 웅변가라고 하면 그건 이야기가 다릅니다. 그들의 말이 그런 뜻이라면 스스로 웅변가임을 인정할 것입니다. 그러나 그들은 진실에 대해서는 단 한 마디도 하지 않았습니다. 그와는 반대로 여러분은 나에게서 모든 진실을 들으실 것입니다.

아테네 시민 여러분, 제우스신에게 여러분이 들으실 이야기는 그들의 말처럼 미사여구로 수식된 말이 아닙니다. 나는 그때그때 내 머릿속에 떠오르는 생각을 꾸밈없이 털어놓을 것입니다. 그것은 내가 말하는 말이 옳다고 믿기 때문입니다. 여러분, 나에게 젊은 웅변가들의 변론에서 듣던 기대를 거시면 안 됩니다. 나와 같이 적지 않은 나이에 풋내기 연설가처럼 기교를 부리면서 변명을 늘어놓는 행동은 아무래도 연륜에 어울리지 않을 테니 말입니다. 그리고 아테네 시민 여러분, 여러분에게 한 가지 부탁을 드리려고 합니다. 시장의 환전소 앞이나 그 밖의 이곳저곳에서 종종 이야기를 한 일이 있으므로 여러분들 중에는 제 이야기를 들은 분이 있는 줄로 압니다. 지금도 그때처럼 이야기를 하겠지만 그것 때문에 놀라거나 소란을 피우지는 마십시오. 이미 나이가 일흔 살이 되었지만 법정에 나서기는 오늘

이 처음입니다. 그래서 이 법정 안에서 쓰는 말들은 외국어처럼 생소합니다. 가령 내가 외국에서 온 사람이라면 거기서 써 오던 말을 그대로 쓰고 그 말투로 말하더라도 여러분은 사정을 살펴서 이해해 줄 것입니다. 그와 마찬가지로 내 변론을 관대히 봐 달라고 부탁하는 일은 무리한 것이 아니라 생각합니다. 서툰 말도 있고 그럴듯한 말도 있겠지만 말투가 아닌 내가 옳은 말을 하는가 그렇지 않은가에 대해서만 유념해 주십시오. 재판장은 올바른 재판을 해야 하고 변론인은 진실을 말해야 하니까요.

02

우선 처음으로 나에게 제기된 거짓 고발과 고발자들에 대해서 이야기하고 다음에 그 후에 나온 고발과 고발자에 대해서 이야기하겠습니다. 이렇게 하는 것은 오래전부터 많은 고발자들이 여러 해에 걸쳐 진실한 말을 한 마디도 하지 않고 무고하게 나를 고발했기 때문입니다.

나는 아니토스Anytus (원고인 밀레토스 측의 변호인. 민주파의 정치가로 그가 이 소송의 주모자임이 여기서 밝혀진다.)와 그의 일파를 두렵게 생각하지만 이들보다도 그들을 훨씬 더 두렵게 생각합니다. 저들이 한층 더 두려운 이유는 여러분들의 마음을 어린 시절부터 기만으로 휘어잡고 나에게 터무니없는 죄를 씌우려 했기 때문입니다. '소크라테스라는 사람이 있는데 위로는 하늘 위의 일을 살피고 밑으로는 지하의 일을 탐구하고 규명하고 옳지 않은 이론을 올바른 것처럼 들려준다' 따위의 것입니다.

아테네 시민 여러분, 이와 같은 헛소문을 퍼뜨린 이 사람들이 내가 가장 두렵게 생각하는 고발인들입니다. 누구든지 이런 소문을 들으면 그런 것을 탐구하는 사람은 신을 믿지 않는 사람이라고 생각하게 될 터이니 말입니다.

이런 소문을 퍼뜨린 사람은 상당히 많으며, 그들은 오래전부터 나를 중상해 왔습니다. 더욱이 그들이 그런 이야기를 하던 때가 여러분들이 아직 청년이었던 시절, 또는 소년이었던 시절처럼 감수성이 많아 남의 말을 곧이듣기 쉬운 시기였습니다. 말하자면 궐석재판闕席裁判을 받는 거나 다름없었고 아무도 그들의 고발에 대해 변명한 사람이 없었습니다. 무엇보다도 허무맹랑한 것은 그들이 누구인지 알 수 없다는 것이었습니다. 단지 그 무리 중 교활한 희극 작가(아리스토파네스로 그는 『구름』이라는 작품

속에서 소크라테스를 희극 인물로 묘사하였다.)가 한 사람이 있다는 사실을 알고 있을 뿐입니다. 공연한 질투에 눈이 어두워 나를 중상하려고 여러분에게 헛소문을 퍼뜨린 사람들이야말로—그들 중에는 자신도 그렇게 믿고 남도 믿게 하려는 사람도 있었습니다.—가장 다루기 어려운 사람들입니다. 그들 중 누구 하나 여기에 소환하여 따져볼 수도 없고 그것을 변명하자니 마치 내 그림자와 싸우는 것처럼 대답하는 사람이 없는 데서 논박을 해야 하는 꼴과 같다고 하겠습니다.

여러분, 이미 말한 바와 같이 내게 나타난 고발인은 두 부류가 있다는 점을 알아 주셨으면 합니다. 하나는 지금 나를 고발한 무리이고, 다른 하나는 오래전부터 나를 고발해 온 무리입니다. 우선 오래전부터 나를 고발해 온 무리에 대해서 먼저 답변을 하렵니다. 왜냐하면 여러분은 지금 나를 고발한 무리의 말보다 오래전부터 나를 고발한 무리의 말을 더 일찍, 더 자주 들으셨기 때문입니다.

자, 그렇다면 변명을 시작하겠습니다. 나는 짧은 시간 내에 여러분들이 오랫동안 갖고 있었던 편견을 없애려고 애쓰지 않으면 안 됩니다. 만일 이 일이 여러분들이나 나에게 좋은 일이라면, 내가 성공할 수 있기를. 그리고 내 변명이 얼마만큼이라도 성과를 낼 수 있기를 바랍니다. 하지만 그것은 결코 쉬운 일이 아니며 또한 이 일의 성질이 어떤지 충분히 알고 있습니다. 그러나 오직 이 결과를 신의 뜻에 맡기기로 하고 법에 순종하여 변명하겠습니다.

03

나는 사건의 시작으로 다시 돌아가서 나에 대한 고발과 중상을 하게 된 이유를 따지고자 합니다. 또한 멜레토스Meletos (시인으로서 표면상의 고발인이다.)가 나에게 고발을 하게 한 그 죄상이 대체 무엇인지를 살펴보기로 하겠습니다. 실제로 그들이 법정에 선서한 선서 서를 읽어 보겠습니다.

'소크라테스는 하늘에 있는 것과 지하에 있는 것을 탐구하는 괴상망측한 사람이다. 악행을 일삼으며 악을 선처럼 보이게 하고 또한 남에게도 그런 터무니없는 것을 가르친다.'

이것이 대략 고발의 내용입니다. 사실 여러분들은 아리스토파네스의 희극을 직접 보셨을 것입니다. 그 연극에 등장하는 소

크라테스라는 인물은 여기저기를 공중으로 돌아다닌다고 허풍을 떨고, 영문을 모를 소리를 많이 하는데 한 마디도 이해할 수가 없었습니다. 그렇다고 해서 내가 자연철학(그리스 초기 철학자들은 자연의 본성과 원질에 대해 연구했기 때문에 그 학문을 자연철학이라고 한다.)을 무시하는 말은 아닙니다. 만일 멜레토스가 자연철학을 경멸했다는 큰 죄로 나를 고발했다면 유감스러운 일이 아닐 수 없습니다.

아테네 시민 여러분, 사실 나는 이런 일에 전혀 관심이 없다고 말씀드리고 싶습니다. 절대로 물질에 대해 이야기하는 사람이 아니며 이 사실에 대해서 여러분들 대다수가 증인이 되어 주리라고 생각합니다. 그리고 여러분들 중 이전에 나의 대화를 들은 적이 있는 분이 많을 거라 생각합니다. 그분들 중 내가 이런 것에 대하여 사소하게라도 말한 것을 들은 적이 있다면 그 여부를 밝혀 주십시오. 그러면 그 고소 내용의 다른 부분의 진실 역시 가려낼 수 있을 것입니다.

04

또한 내가 사람을 가르친다고 나서고 그 대가로 돈을 받는다는 소문 역시 터무니없는 말입니다. 하기야 레온티노이 사람인 고르기아스, 케오스 사람인 프로디코스, 엘리스 사람인 히피아스(고르기아스, 프로디코스, 히피아스 모두 당시 대표적인 소피스트로 외교 사절로 활약했다.)처럼 시민들을 가르치는 일 또한 훌륭하다고 생각합니다. 그들은 모두 여러 도시를 돌아다니며 청년들을 설득하였습니다. 지방 청년들은—자기 나라 사람 중에는 누구든 대가를 치르지 않고 원하는 사람과 사귈 수 있지만—그들의 가르침을 받기 위해 고향을 버리고 그들을 따라나섰습니다. 비록 그것에 대해서 돈을 치렀지만 고마운 마음을 느끼게 할 수 있기 때문입니다. 그밖에도 파로스섬 사람으로 슬기로운 사람이 지금 아테네에 머물고 있다는 것을 알았습니다. 그에 대한 다음과 같은 이야기를 들은 적이 있습니다.

소피스트를 위해 다른 사람들이 지불한 돈보다 많은 돈을 소비한 히포니코스의 아들인 칼리아스를 만나 우연히 이야기를 듣게 되었습니다. 나는 그에게 두 아들이 있다는 사실을 알았습니다. "칼리아스, 만일 당신의 아들들이 망아지나 송아지였다

면 그들을 사육할 훌륭한 조련사를 고용하여 보수를 지불하고, 그들에게 어울리는 훈련을 시켜야 하지 않겠는가? 그리고 그는 말이나 농사에 능한 사람이라야 할 걸세. 그러나 실은 자네의 아들들은 사람이니 그들을 훌륭한 사람으로 키우려고 한다면 어떤 사람을 택해서 아들들을 가르칠 작정인가? 가르치는 사람은 인간으로서 갖추어야 할 덕을 아는 지식인이라야 될 줄 아네만. 그런 사람이 있을까?"

"네 있습니다."

그래서 내가 물었습니다.

"그게 누구인가? 어느 나라 사람이고 대가는 얼마인가?"

"소크라테스, 그는 파로스섬에서 온 에우에노스Euenos (소피스트로 파로스 출신의 현인)입니다. 5므나(1므나는 영국 돈 1실링 3펜스에 해당)를 수업료로 주고 있습니다."

그리하여 나는 에우에노스가 그런 재주를 가지고 또 그와 같은 보수를 받고 수업을 한다면, 에우에노스는 행복한 사람이라고 말했습니다. 만일 내게 그런 지식이 있는 사람이라면 자랑으로 여겼을 것입니다. 그러나 아테네 시민 여러분! 나는 그런 지식이 전혀 없습니다.

05

　여러분 중 어떤 분은 이렇게 말하는 사람이 있을 것입니다.

　"소크라테스, 도대체 당신은 무슨 일을 하오? 당신을 고발한 그 원인은 어디서 생겼소? 당신의 평소 언행 중 분명 남들과 다른 부분이 있지 않고서야 그런 평판과 소문이 나돌 리가 없소. 당신이 유별난 행동을 하지 않았다면 당신이 하는 일이 무엇인지 밝혀 주시오. 그러면 우리도 당신에 대해 섣부르게 판단하지 않을 테니."

　누군가 이렇게 말한다면 그 말이 정당하다고 생각합니다. 그래서 나는 대체 무엇 때문에 지혜로운 자라는 이름을 얻었고, 또 그런 중상을 받는지 여러분께 그 까닭을 밝히려고 합니다. 그러니 여러분들은 나의 이야기를 끝까지 들어 주십시오. 여러분들 중에는 혹여나 내가 엉뚱한 말을 하고 있는 것은 아닌지 오해하는 분도 계실 겁니다. 그러나 일말의 거짓 없는 사실만을 지금부터 전하려고 하니 들어 주십시오.

　아테네 시민 여러분, 내가 이러한 명성을 얻은 것은 어쨌거나 일종의 지혜가 있기 때문이라 생각합니다. 그것은 어떤 지혜일까요? 아마 그것은 보통 사람이 지니고 있는 지혜일 겁니다. 실

제로 내가 갖고 있는 지혜란 특별할 것 없습니다. 그렇지만 앞서 이야기한 사람들은 평범한 사람 이상의 지혜를 갖고 있다고 생각합니다. 나처럼 평범한 사람은 그것이 아니라면 무엇이라 말해야 좋을지 모르겠습니다. 사실 나는 그런 지혜를 갖고 있지 않을뿐더러 누가 나에게 그런 지혜를 갖고 있다고 주장한다면 그는 거짓말을 하고 있으며 나를 중상하기 위해 그런 말을 하는 것입니다.

아테네 시민 여러분! 내가 하는 말들이 터무니없게 들릴지라도 이야기를 가로막지 말고 조용히 귀를 기울여 주십시오. 이제부터 말하려는 말은 내 말이 아니라, 여러분이 충분히 신뢰할 수 있는 분의 말을 전하려는 것입니다. 이분은 델포이의 신神입니다. 만일 나에게 지혜가 있다면 그것이 어떤 종류의 지혜인지 말해 줄 것입니다. 여러분께서는 카이레폰chairephon (소크라테스의 진실한 친구로서 소크라테스를 고발한 아니토스와도 민주파의 동지였다.)을 알고 계실 것입니다. 그는 어린 시절부터 나의 친구였고 여러분의 동지로서 한때 망명을 했다가 여러분과 함께 돌아왔습니다. 아시다시피 카이레폰은 모든 행동이 성급하면서 어떤 일에 빠지면 깊이 파고드는 성격이기도 합니다. 그는 언젠가 델포이의 신전에 가서 대담하게도 신탁을 구하려고 하였습니다. 그 일에 대해 이야기하려고 하니 나의 이야기를 가로막지 말기를 간청합니다.

그는 신전에 나가서 이 세상에 나보다 더 지혜로운 자가 있는지 그 여부를 신탁에서 구했습니다. 델포이의 무녀는 더 지혜로운 자는 아무도 없다고 대답하였습니다. 이 일에 대해서는 여기 있는 그의 아우가 여러분에게 증언할 것입니다. 카이레폰은 이미 세상을 떠나고 없으니까요.

06

그런데 여러분, 내가 무엇 때문에 이런 말을 하는지 아시겠습니까? 다름이 아니라 내가 어째서 그처럼 심한 중상을 당하게 되었는지 그 까닭을 들려 드리기 위해서입니다. 나는 그 신탁을 들었을 때 속으로 생각했습니다.

'신은 대체 무엇을 말씀하려는 것일까? 어떻게 이 말씀을 해석해야 옳은가? 나는 신탁의 말씀처럼 나 자신이 지혜로운 사람이 아님을 알고 있다. 델포이 신께서 나를 세상에서 가장 지

혜로운 사람이라고 하신 것은 무슨 뜻이 있어서 일까? 신이 거짓말을 할 리는 없으니 어떤 섭리가 있을 것이다'

나는 신의 섭리가 어디에 있는지 오랫동안 곰곰이 생각했습니다. 그래서 지혜로운 사람이라는 명성을 얻는 사람을 찾아가기로 하였습니다. 만일 그 사람이 나보다 더 지혜가 있다면 신탁을 향해 반박하려고 말입니다.

'이분이 저보다 더 지혜로운데 당신께서는 어찌하여 제가 가장 지혜로운 사람이라고 말씀하십니까?'

분명히 이와 같이 말할 수 있을 거라 확신했습니다. 그리하여 그분과—구태여 이름을 밝힐 필요는 없지만, 그분은 정치가였습니다.—이야기를 나누면서 관찰한 결과 다음과 같은 사실을 깨달았습니다. 많은 사람들이 그분을 지혜로운 사람이라고 인정하며, 자신 역시 그렇게 자부하고 있었던 것 같습니다. 그러나 실로 그렇지 못하다고 생각하게 되었습니다. 그리하여 나는 그로 하여금 자신이 지혜로운 사람이라 자부하는 것이 옳지 않은 생각임을 알리려고 애를 썼습니다. 그런데 그 결과 그를 비롯하여 그 자리에 있던 많은 사람들에게 적의를 갖게 하였습니다. 나는 거기에서 돌아오면서 생각했습니다.

'분명히 저 사람은 나보다 더 지혜롭지 못하다. 그 사람도 나도 아름다움과 선한 것에 대해 아무 것도 모르는데도, 그 사람은 자기가 모른다는 사실을 모른다. 그러나 나의 경우 내가 모른다는 사실을 알고 있다. 대수롭지 않은 점이지만, 내가 모른다는 것을 분명히 알고 있기 때문에 그 사람보다는 지혜로운 것이 아닐까?'

그 후에도 나는 그 사람보다 더 지혜로운 사람들을 찾아갔습니다만 역시 똑같은 결론을 얻고 말았습니다. 그리고 그곳에서도 역시 그와 그 밖의 많은 사람들에게 미움을 받게 되었습니다.

07

그 후로 오늘날까지 여러 사람들을 찾아다녔습니다. 가는 곳마다 미움을 사고 있다는 사실을 깨닫고 괴로워도 하고 걱정스러워 하기도 했지만 말입니다. 그러나 신에 대한 의무를 게을리 할 수 없었습니다. 신탁의 의미가 무엇인가를 밝혀내기 위해서 지혜로워 보이는 모든 사람을 찾아가 보기로 하였습니다.

아테네 시민 여러분, 나는 개에게 맹세하지만(맹세를 할 때 함부

로 신의 이름을 부르지 않기 위해 쓰는 말)—여러분에게는 어디까지나 있는 진실을 그대로 전하기 위해—이와 같은 말씀을 드리는 겁니다.

신의 말씀을 따라 살펴보니, 가장 훌륭하다고 명성을 얻은 사람들은 사려가 부족하고 어리석을 뿐이며, 미천하게 여겨지는 사람들이 더 지혜롭고 훌륭하게 보였습니다. 그리고 나는 괴로운 편력—결국 신탁의 말은 부정할 수 없음을 밝혀준—의 이야기를 들려드리겠습니다.

이번에야말로 내가 지혜로운 사람이 아니라는 사실을 입증하기 위해 정치가 다음에는 시인, 비극 작가, 디티람보스 시인 Dithyrambos (디오니소스의 제례 때에 피리에 맞춰 춤을 추면서 부르는 합창), 그 밖의 많은 시인들을 찾아갔습니다. 그들을 만나면 나 자신의 어리석음과 무지가 곧 드러날 것이라 기대했습니다. 그들의 작품 중 정성 들여 완성하였다고 생각되는 작품을 골라 그 시가 지니는 뜻에 대해 질문했습니다. 그렇게 하면 그들은 나에게 무엇인가를 가르쳐 줄 수 있으리라 믿었던 것입니다. 여러분은 믿어 주시겠습니까? 나는 진실을 말할 것이지만 부끄러움을 감출 수 없습니다. 왜냐하면 그곳에 있는 사람들 대부분이 작가들보다 더 훌륭하게 시를 설명할 수 있었다는 사실입니다. 그래서 나는 시인은 지혜로 시를 쓰는 것이 아닌 신의 계시를 받는 점쟁이나 예언자들의 그것처럼 타고난 소질과 영감으로 시를 쓴다는 사실을 알았습니다.

시인들은 훌륭한 구절을 많이 남기지만 그 의미가 무엇인가 전혀 이해하지 못했습니다. 더 나아가 시를 쓴다는 이유로 다른 일에도 가장 지혜가 있다고 믿고 있지만 사실은 그렇지 않다는 점을 알게 됐습니다. 그리하여 정치가들의 경우와 마찬가지 이유로 나 자신이 시인들보다 지혜롭다는 생각을 가지고 돌아왔습니다.

08

끝으로 나는 공예가를 찾아갔습니다. 나 자신이 아무것도 모른다는 사실을 알고 있지만 그들은 훌륭한 것을 많이 갖고 있다는 것을 믿었기 때문입니다. 나의 생각은 틀리지 않았습니다. 그들은 내가 모르는 것을 많이 알고 있었고, 그 점에 대해서는 나보다 훨씬 더 지혜로웠습니다. 아테네 시민 여러분, 그러나

이 훌륭한 기술자 역시도 시인들과 같은 잘못을 저지르고 있다고 생각되었습니다. 그들은 기술적인 일에 뛰어났으므로 그 밖의 일에서도 뛰어난 사람인 것처럼 생각하고 있었습니다. 이러한 편견으로 그들의 지혜가 가려지고 있는 것처럼 보였습니다. 그러므로 신탁을 대신하여 자신에게 묻지 않을 수 없었습니다.

'나는 그들의 지혜도, 그들의 무지도 갖지 않은 현재 상태에 머무는 것이 옳은가. 아니면 그들처럼 지혜와 무지를 다 지녀야 하는가?'

그리하여 나는 나 자신과 신탁에 대하여 현재의 상태로 있는 것이 나에게는 더 좋을 것이라는 결론을 내렸습니다.

09

아테네 시민 여러분, 이와 같이 깊게 탐구하다 보니 많은 사람들이 나를 미워하고, 위험한 적이 생겼으며 많은 악평을 받게 되었습니다. 그리고 나는 지혜로운 자라는 명성만 듣게 되었습니다. 이것은 내가 다른 사람에게 반박을 할 때 그 자리에 있던 사람들이 내가 구하고자 한 지혜를 나 자신이 갖고 있을 거라 믿었기 때문에 그렇게 된 것입니다. 하지만 여러분, 진정한 지자知者는 신뿐이라고 생각합니다. 그리고 신이 전한 말의 의미는 인간의 지혜란 보잘것없고 가치 없음을 뜻한다는 생각이 듭니다. 그러므로 신이 말한 소크라테스 역시 여기에 있는 소크라테스를 가리키는 것이 아니라 예일 뿐입니다. 즉 신은 "인간들 중 가장 지혜로운 사람은 소크라테스처럼 그의 지혜가 사실은 아무 쓸모가 없음을 잘 아는 사람이다."라고 말했던 것입니다.

그러므로 나는 신의 뜻에 따라 이리저리 돌아다니며 지혜로운 사람이라고 여겨지면 우리나라 사람이든 다른 나라 사람이든 가리지 않고 그들을 관찰하였습니다. 그리하여 지혜롭다고 생각되지 않은 경우에는 신의 뜻에 따라 그가 지혜로운 자가 아님을 깨닫게 하였습니다. 이와 같은 일에 몰두하여 나라일도 집 안일을 돌볼 잠깐의 겨를도 없어 곤궁하게 살았지만 신의 말씀을 따르기 위함이었습니다.

그 밖에 또 다른 문제가 있습니다. 젊고 한가하고 부유한 집안의 젊은이들이 자발적으로 나를 따라다니면서 내가 사람들과 묻고 따지는 것에 관심을 갖고 귀를 기울여 듣다가 곧잘 나의 흉내를 내며 다른 사람에게 묻고 따지는 것이었습니다. 그들은 자신이 무엇을 알고 있다고 생각하지만 사실은 아는 것이 거의 혹은 전혀 아무것도 모른다는 것을 알게 되었습니다. 그리하여 질문을 받은 사람들은 젊은이들이 아닌 나에게 화를 내며 말했습니다.

"소크라테스 때문에 이런 일이 생겼다. 천하에 고약하기 짝이 없구나. 이리저리 돌아다니며 젊은이들을 타락시키고 있다."

만일 그들에게 소크라테스가 무엇을 하고 무엇을 가르쳐서 그러느냐 묻는다면 아무것도 알지 못하는 그들은 결국 대답을 하지 못합니다. 무지를 가리기 위해 학문을 하는 사람들을 비난할 때 쓰는 말을 인용하여, '구름 위나 지하의 일을 가르친다.' 거나 '신들을 믿지 않는다.'거나 '옳지 않은 것을 옳은 것처럼 만드는 자이다'라고 말하는 것입니다.

이것은 그들이 아는 체하고 있지만 실제로 아무것도 모르기 때문에, 그들 자신이 아무것도 모른다는 사실이 폭로되는 것을 절대로 원치 않기 때문에 그들은 진실을 말하고 싶지 않았으리라고 나는 생각합니다.

명예욕이 강하고 성급한 그들은 수효가 많아 모두 한패가 되어 나를 비방하였습니다. 오래전부터 오늘날까지 맹렬한 중상으로 여러분들의 귀를 막았던 것입니다. 이러한 일들이 원인이 되어 멜레토스와 아니토스와 리콘LyKon(아니토스와 함께 펠레토스의 변호인이 되어 소크라테스를 고소하는 책략을 꾸민 자)이 나를 공격하였습니다. 멜레토스는 작가들을 대신해서, 아니토스는 정치가와 기술자를 대신해서, 리콘은 변론가를 대신해서 나를 괴롭혔습니다.

따라서 처음에 말씀드린 바와 같이, 짧은 시간 안에 이와 같이 맹렬하고 어마어마한 중상을 씻어 낼 수 있을 것이라 생각하지 않습니다. 그렇게 된다면 그것을 오히려 이상하게 생각할 것입니다.

오, 아테네 시민 여러분, 이것은 추호의 거짓 없는 진실입니다. 나는 작은 일이든 큰일이든 어느 하나도 숨기지 않고 전부 여러분께 말씀드립니다. 물론 이렇게 솔직하기 때문에 미움을 받고 있다는 사실도 잘 알고 있습니다. 그러나 그들의 증오

가 바로 내가 진실하다는 증거가 아니고 무엇이겠습니까? 그리고 장차 조사해 보시면 그 진실이 중상의 원인이 되었다는 사실을 여러분들은 아실 겁니다.

11

이만하면 처음의 고발자들의 고발 내용에 관한 변명은 충분하다고 생각합니다. 이제부터는 자칭 선량한 애국자인 멜레토스와 나를 나중에 고발한 사람들의 고발 내용에 대한 변명을 하려고 합니다. 그러면 그들의 고발장을 살펴보기로 하겠습니다. 대략 다음과 같은 내용이 있습니다.

"소크라테스는 죄인이다. 청년들을 타락시키고 나라에서 인정하는 신을 믿지 않으면서 스스로 새로운 신을 섬기는 악덕한 자이다."

이것이 그들의 고발 내용입니다. 그러면 이제부터 그 조목을 하나하나 따져가며 진위를 가려보겠습니다.

첫째로 내가 청년들을 타락시키는 자라고 주장하였습니다.

그렇지만 아테네 시민 여러분, 이에 대해 오히려 진정한 죄인은 멜레토스라고 하지 않을 수 없습니다. 그는 일을 성의 있게 하지 않으면서 성실한 척하고 함부로 타인을 재판에 회부하고 있습니다. 이것은 진실한 척하면서 남을 희롱하는 위선자와 다를 것이 없습니다. 이와 같은 사실을 여러분에게 밝히려고 합니다.

12

"자, 멜레토스! 이리 나와서 대답해 주게. 자네는 젊은 청년들을 선도하는 것을 중요하게 여기지 않나?"

"물론, 그렇습니다."

"그러면 재판관들에게 말하게. 그들을 선도하는 사람은 누구인가? 그런 일에 관심을 갖고 있는 자네라면 분명히 알고 있을 테지. 자네는 청년들을 타락시키는 사람을 찾았다는 듯이 나를 끌어내서 고발하였으니까. 그렇다면 반대로 청년들을 선도하는 사람은 대체 누구란 말인가? 그것을 이분들에게 말해 주게. 오, 멜레토스. 자네는 왜 굳게 입을 다물고 아무 말도 하지 못하나?

이것은 수치스러운 일일 뿐만 아니라 내가 말한 것, 즉 자네는 그런 일에 관심을 갖고 있지 않다는 말의 증거가 아닌가? 어찌 됐든 말해 보게. 청년들을 선도할 수 있는 사람은 누구인가?"

"법률입니다."

"내 질문은 그것이 아니네. 내 질문은 그 법률을 가장 잘 아는 사람이 누구인가 하는 걸세."

"소크라테스, 이 법정에 계시는 재판관들이 아니겠습니까?"

"멜레토스, 도대체 무슨 말을 하고 있는가? 이분들이 청년들을 선도하고 가르칠 수 있단 말인가?"

"그렇습니다."

"그렇다면 재판관 모두가 그렇단 말인가? 혹은 그런 분도 있고 그렇지 못한 분도 있단 말인가?"

"이분들 모두가 그렇습니다."

"헤라 여신에게 맹세하지만 이것은 훌륭한 말이네. 자네 말은 청년들을 선도할 분이 그만큼 많다는 것이지 않는가. 그렇다면 그들은 여기 있는 방청객들도 훌륭하게 선도할 수 있는가, 그렇지 않은가?"

"그들도 마찬가지입니다."

"그렇다면 원로원 의관들에 대해서는 어떻게 생각하느냐?"

"그들도 마찬가지입니다."

"멜레토스, 그렇다면 공민 의회에 모이는 의원들은 청년들을 타락시키는 일 따위는 하지 않겠지? 그렇다면 그분들 역시 청년들을 선도할 수 있지 않은가?

"물론입니다."

"그렇다면 결국 모든 아테네 사람들은 누구나 청년들을 선도한다는 말이며, 타락시키는 자는 나 하나뿐 아닌가?"

"그렇습니다. 그것이 바로 강력히 주장하고 싶은 말이었습니다."

"그 말이 사실이라면 나는 매우 불행한 사람이로군. 내 질문에 대해 한 번 더 답변해 주기 바라네. 말[馬]에 관해서도 마찬가지로 생각하는가? 즉 세상 모든 사람들이 말을 잘 다루나 어느 한 사람만 말에게 해를 끼칠 수 있는가? 실은 그 반대가 아닐까? 단 한 사람 혹은 소수의 사람만이 말을 잘 다룰 수 있고 그 밖의 대부분의 사람들이 말을 다루면 오히려 말을 못 쓰게 만들지는 않는가? 멜레토스, 물론 말에 대한 예일 뿐이지만, 그 밖의 모든 동물들 역시 마찬가지가 아닐까? 자네나 아니토스나 반대를 하건 찬성을 하건 이것은 틀림없는 사실이네. 그런데 젊은이를 타락시키는 사람은 한 사람이고, 다른 사람들은 모두 선

도한다면 청년들로서는 매우 다행인 일이네. 하지만 멜레토스. 자네가 젊은이들의 일에 관심을 가지지 않았다는 것이 충분히 드러났네. 나를 여기다 끌어낸 일에 관해 자넨 아무런 관심도 갖지 않았다는, 사실이 분명해졌네."

13

"제우스신의 이름으로, 한 가지 더 질문하겠네. 세상을 살아가는 데 선량한 시민들과 함께 사는 것이 좋은가. 악한 시민들과 함께 사는 것이 좋은가? 대답해 주게. 내 질문이 어려운 질문은 아니지 않나? 악한 시민들은 가까이 있는 사람들에게 피해를 주지만 선량한 시민들은 선한 일을 하기 마련이 아니겠나?"

"옳은 말씀입니다."

"그렇다면 자기와 함께 사는 사람들에게 도움을 받기보다 피해를 받기를 원하는 사람이 있을까? 법률도 자네 대답을 요구하네. 이 세상에 누가 피해를 받기를 원하겠는가? 대답해 주게."

"물론 아무도 없습니다."

"또한 자네는 내가 청년을 타락시켰다는 이유로 나를 여기에 끌어냈는데, 내가 고의로 했단 말인가? 아니면 고의로 하지 않았단 말인가?"

"고의로 그렇게 했다고 생각합니다."

"그러나 멜레토스. 자네는 조금 전에 선량한 시민은 좋은 일을 하고 악한 시민은 악한 일을 한다고 인정하지 않았는가? 젊은 자네는 그러한 사실을 알 만큼 탁월한 지혜를 갖고 있고, 늙은 나는 함께 사는 사람을 타락시키면 나 자신도 피해를 입을 거라는 사실을 알지 못할 정도로 어리석다는 말인가? 그것을 고의적으로 할 만큼 말인가? 나는 자네의 말을 믿을 수 없네. 비단 나뿐만 아니라 모든 사람들이 자네의 말을 믿기 어려울 걸세. 결국 자네의 말은 내가 세상 사람들을 타락시키지 않았거나 고의로 행한 일이 아니라는 말이 되네. 어느 쪽이든 자네는 거짓말을 하고 있네. 만일 고의로 청년을 타락시킨 것이 아니라면, 그런 본의 아닌 잘못으로 이곳에 끌어내어 재판하는 것은 옳지 못한 일일세. 그것은 이런 곳에 끌어내서 심판할 것이 아니라 개인적으로 만나 가르쳐 주는 것이 마땅한 것 아닌가? 만

일 자네가 가르쳐 준다면 고의가 아닌 이상, 나도 그만두었을 것이 아닌가? 그런데 자네는 내게 알려 줄 생각을 하지 않고 이런 곳으로 끌어내었네. 여기는 처벌을 받아야 할 사람이 올 곳이지 가르침을 받아야 할 사람이 올 곳은 아니네."

14

"아테네 시민 여러분, 앞서 말한 바와 같이 멜레토스는 이런 일에 전혀 관심을 가지지 않는다는 것이 분명해졌습니다. 이것은 너무나 분명하므로 더는 말하지 않겠습니다. 그러나 멜레토스, 어째서 내가 청년들을 타락시켰다는 말을 하는지, 그 점에 대해서 들어야겠네. 자네의 고소장에 따르면 내가 나라가 인정하는 신을 믿지 않고 새로운 신을 믿으라고 가르치고 있다고 하네. 내가 이런 것을 가르쳐 청년들을 타락시키고 있다고 말하지 않았나?"

"그렇습니다. 바로 그것을 말하려고 했습니다."

"그렇다면 멜레토스, 방금 이야기한 그 신들에게 맹세하고 나와 여기 있는 분들에게 좀 더 분명히 말해 주게. 나로서는 자네의 말을 분명히 알 수 없네. 자네는 어떤 이유로 고소를 했는가? 말하자면 나는 어떤 다른 신을 믿으라고 가르쳤다고 하는데 내가 신을 믿지 않는 무신론자가 아닌 어떤 신을 믿고 있음이 밝혀졌네. 그런데 자네는 나라에서 인정하지 않는 신을 믿는 것이 나의 죄라고 고발하는 것인가? 아니면 내가 전혀 신을 믿지 않고, 사람들에게도 신을 믿지 말라고 가르치고 있다고 주장하는 것인가?"

"나는 당신이 전혀 신을 믿고 있지 않다고 말하고 있습니다."

"멜레토스, 나는 정말로 놀랍군! 자네는 어째서 거짓말을 하는가? 다른 사람들은 해와 달을 신이라고 믿는데 나는 믿지 않는다는 말인가?"

"제우스신께 맹세코 그렇습니다. 재판관이여. 그는 해는 돌이고 달은 흙이라고 주장하고 있습니다."

"멜레토스, 당신은 아낙사고라스Anaxagoras (기원전 5세기의 자연철학자. 페리클레스의 손님으로 아테네에 30년 간 살았기 때문에 아테네에 이름이 널리 알려졌다. 당시 신으로 숭배되던 해나 달이 돌덩어리에 지나지 않는다고 주장하여 아테네에서 추방되었다.)와 착각하는 것이 아닌가? 자네는 지금 여기 있는 사람들을 무시하고 있는 셈이군. 이 사람들

이 클라조메나이 사람인 아낙사고라스의 책이 이러한 이론들로 가득 차 있다는 사실을 모를 만큼 무지하다고 생각하는가? 하물며 젊은이들이 나에게서 고작 그런 것을 배우려 하겠나? 어쩌다가 시장에 나가 비싸도 1드라크메만 주면 얼마든지 구할 수 있을 텐데 소크라테스가 그런 책에 있는 내용을 제 것처럼 말한다면, 비웃음을 당해도 좋네. 그것은 해괴한 학설이니까. 하지만 제우스신께 맹세코, 자네는 내가 신의 존재를 믿지 않는다고 생각하는가?"

"제우스신께 맹세코, 당신은 조금도 신을 믿지 않습니다."

"나로서는 자네의 말을 믿을 수 없네. 자네야말로 신을 믿고 있지 않네."

아테네 시민 여러분, 멜레토스는 무모하고 오만불손하고 경솔한 사나이 같습니다. 건방지고 젊은 혈기로 이 고발장을 제출한 것으로 봅니다. 마치 수수께끼를 만들고 사람을 시험하는 것과 같습니다.

즉 '지혜롭다는 소크라테스는 농담을 하며 노닥거려도 그 농담을 알아챌까?' 또는 '내가 소크라테스나 그 밖의 청중을 끝까지 속일 수 있을까?' 하는 수수께끼이겠지요. 이렇게 말하는 이유는 이 사나이가 고발장 속에서 너무나 모순된 말을 늘어놓고

있기 때문입니다. '소크라테스는 신들을 믿지 않으므로 죄를 범
하고 있는데 또한 그는 신들을 믿고 있으므로 죄를 범하고 있다'

이와 같은 말은 농담이 아니고서야 어떻게 진지하게 할 수 있
겠습니까?

15

아테네 시민 여러분, 이 사나이의 이와 같은 말이 왜 모순인
지 그 까닭을 밝혀 보겠습니다.

"멜레토스, 자네는 답변해 주게."

여러분들, 처음에 앞에서 부탁드린 말을 잊지 마시고, 내가
평소의 버릇처럼 말하더라도 조용히 들어 주십시오.

"멜레토스, 이 세상에 사람이 유대 관계를 맺고 있다는 사실
은 인정하면서 사람의 존재를 인정할 수 없다고 말하는 사람이
있을까?"

여러분, 이 사나이가 대답을 할 수 있게 해 주십시오. 그리고
이 심문을 막기 위해 떠벌리지 않고 진심으로 대답하길 바랍

니다.

"이 세상에 말〔馬〕이 있다는 것은 믿으면서, 말이 하는 일을 믿지 않는 사람이 있을까? 그리고 피리 부는 사람이 있다는 것을 믿지 않으면서 피리 부는 법이 있다는 것을 아는 사람이 있을까? 대답하기 싫다면 내가 대신 대답하겠네. 그렇게 믿는 사람은 아무도 없네. 그러나 다음 질문에는 꼭 대답해 주게. 다이몬daimon (신에 가까운 존재이지만 신과는 별개로 자연과 인간생활에 영향을 미치는 초자연적 힘에 붙인 명칭, 후에는 신과 인간의 중간적 존재를 의미하게 되었음)이 하는 일은 믿으면서 다이몬이 있다는 것은 믿지 않는 사람이 있을까?"

"없습니다."

"여러분들 앞이라서 겨우 대답을 해 주었지만 그래도 고마운 일이네. 그런데 자네는 고발장에서 내가 다이몬을 믿고 가르친다고 주장하였네. 내가 다이몬을 믿는다면 필연적으로 신을 믿는 것이 되지 않겠나? 분명히 그렇지. 자네는 침묵을 지키니 내 생각과 같은 것으로 알겠네. 그런데 우리는 다이몬을 신神 또는 신의 아들이라고 믿고 있지 않는가? 그런가, 그렇지 않은가?"

"확실히 그렇습니다."

"그러면 자네가 말한 것처럼 나는 다이몬을 믿고 있으며, 다이몬이 일종의 신이라 한다면 자네는 수수께끼 놀이를 하고 있다는 결과가 되네. 자네는 내가 신의 존재를 믿지 않는다고 했지만 자네 주장대로 나는 다이몬을 믿고 있으니 신을 믿고 있다는 결론이 되네. 그렇지 않은가? 또 다이몬은 전설 속에 나오는 님프처럼 여신들에게서 태어난 사생아라고 하면 신의 자녀들을 믿고 있는데 어떻게 신이 없다고 주장할 수 있는가? 이것은 마치 말과 나귀 사이에 태어난 노새는 믿으면서 말과 나귀의 존재는 부정하는 것 아닌가? 그러니 멜레토스, 자네는 우리를 시험하기 위해 고소장을 썼거나, 나를 고소할 죄명을 찾기 위해 조작한 것이 분명하네. 조금이라도 이성이 있는 사람이라면 동일한 사람이 다이몬이나 신이 하는 일을 믿으면서 동시에 다이몬이나 신이 있음을 믿지 않는다는 말에 동의할 수 없을 걸세."

16

아테네 시민 여러분, 멜레토스가 나를 고발한 내용에 대해 충분한 변명을 하였습니다. 그러나 앞서 말한 바와 같이 많은 사

람들에게 적의를 불러일으켰다는 사실은 부정할 수 없으며 나를 죄인으로 만드는 자가 있다면 멜레토스나 아니토스가 아닌 많은 사람들의 질투와 비방 때문이라고 생각합니다. 이것은 이미 많은 선량한 사람들을 유죄로 만들었고 앞으로도 더 많이 유죄로 만들 것입니다. 내가 마지막 희생자가 될 일은 없을 것이고 영원히 계속될 것입니다. 어떤 사람은 반드시 이렇게 말할 것입니다. '소크라테스, 부끄럽지 않은가? 그와 같은 생활을 해 오다가 이처럼 사형을 당하는 것이?'

나는 이 질문에 대해 다음과 같이 답변할 것입니다.

그것은 커다란 오해입니다. 만일 당신이 조금이라도 사회에 쓸모가 있는 사람이라면, 죽느냐 사느냐의 위험을 계산해서는 안 됩니다. 그 일이 옳은 일인지 그른 일인지 선한 사람이 할 일인가, 악한 사람이 할 일인가에 대해서 생각해 보아야 합니다. 그러나 당신의 의견에 따르면 트로이 전쟁에서 죽은 영웅들은 보잘것없는 사람이 됩니다. 특히 테티스의 아들(트로이 전쟁 때 가장 우수한 장군이었던 아킬레우스를 말함)은 보람이 없습니다. 불명예를 참기보다 모험을 쫓는 일을 두려워하지 않았습니다. 그리하여 헥토르에게 원수를 갚겠다는 마음에 불타는 그를 여신인 어머니가 말렸습니다.

'내 아들아, 만일 네가 죽은 친구인 파트로클로스의 원수를 갚기 위해 헥토르를 죽이면 너도 죽음을 맞게 될 것이다. 죽음의 신은 헥토르가 죽으면 바로 너에게로 오는 것이 네 운명이니까.'

그는 이러한 경고를 듣고도 위험이나 죽음을 두려워하지 않았고 오히려 친구의 원수를 갚지 못하고 불명예스럽게 살게 될까 걱정하였습니다. 그리하여 그는 이렇게 대답했습니다.

'친구의 원수를 갚고 곧바로 죽임을 당해도 좋습니다. 살아남아 땅 위의 짐이 되어 뱃머리가 굽은 배에서 남의 웃음거리가 되고 싶지는 않습니다.'

누구도 아킬레우스가 죽음이나 위험을 두려워하고 살기를 집착했다고 생각하지는 않을 겁니다.

아테네 시민 여러분, 스스로 선택한 위치에 있든, 윗사람의 명령으로 배치된 자리에 있든 위험에 처하여도 그 자리를 필사적으로 지키며 위험을 무릅쓰고 죽음을 두려워하지 않고 치욕 외에는 다른 것을 걱정해서는 안 됩니다. 이것만이 진실인 것입니다.

17

    그러므로 아테네 시민 여러분, 여러분들께서 뽑아낸 지휘관의 명령을 쫓아 포테이다이아와 암피폴리스, 델리온(소크라테스가 종군한 싸움터의 이름)에서, 죽음의 위협을 무릅쓰고 다른 사람들과 함께 그 지역을 지키며 끝까지 머물러 있었습니다. 그리고 신의 명령에 따라 지혜를 사랑하면서 나 자신과 남들을 살피면서 살았습니다. 여기서 만일 죽음을 비롯해 그 밖의 위험들을 두려워해 맡은 자리를 떠난다면 이것은 큰 잘못을 저지르는 행위이겠지요.

    죽음을 두려워한 내가 신을 따르지 않고 스스로 지혜가 없는데도 지혜로운 자를 가장한다면 얼마나 가소로운 일이겠습니까? 그렇다면 신의 존재를 믿지 않는 자로 마땅히 법정에서 소송을 받아야 옳은 줄 알겠습니다. 나는 신탁을 믿지 않고 죽음을 두려워하고, 지혜가 없으면서도 지혜가 있다고 생각하기 때문입니다. 즉 죽음을 알지 못하면서도 알고 있는 것처럼 생각하고 있기 때문입니다. 어느 의미에서 죽음은 최대의 선일 수도 있고 아닐 수도 있으나 이는 아무도 모릅니다. 사람들은 죽음을 두려워하고 있기 때문에 죄악 중 최대의 죄악이라 믿고 있습니다. 모르면서도 아는 것처럼 생각하는 것입니다. 이러한 무지는 비난을 받아 마땅하며, 수치라고 생각합니다.

그렇지만 나는 일반 사람들과 이 점 역시 같지 않을 것이므로 내가 다른 사람들보다 지혜롭다고 주장한다면 그것은 저세상에 대해 전혀 알지 못한다고 솔직히 인정하는 점일 것입니다. 그러나 옳지 못한 일을 저지르는 것, 자기보다 훌륭한 자—신이든 사람이든—에게 복종하지 않는 것이 옳지 못함을 분명히 알고 있습니다. 따라서 나는 세상에서 악하다고 생각하지만, 어쩌면 선善할지도 모르는 것을 결코 두려워하거나 회피하지 않을 것입니다.

그리고 여러분, '만일 소크라테스가 이 재판에서 무죄로 풀려나면 여러분의 자녀들이 소크라테스의 가르침을 생활에 옮기어 윤락에 빠지고 타락한다.'는 말을 하며 나를 사형에 처해야 한다고 주장한 아니토스를 믿지 않는다 하더라도, 여러분은 나에게 이렇게 말할 수 있을 것입니다.

'소크라테스, 아니토스의 말을 받아들이지 않고 당신을 놓아주겠소. 그러나 거기에는 한 가지 조건이 있소. 이제부터는 지금까지 따져 온 진리 탐구를 그만두어야 하며, 그런 짓을 다시 한다면 용서 없이 사형에 처하겠소.'

　여러분들이 이 같은 말을 한 뒤 나를 놓아주어도 나는 이렇게 말할 것입니다.

　'아테네 시민 여러분, 나는 여러분을 깊이 존경하고 애정을 갖고 있습니다. 그러나 여러분의 명령을 따르기보다 신의 명령을 따르겠습니다. 목숨이 끝날 때까지, 힘이 미칠 때까지 지혜를 사랑하고 누구를 만나든지 권고하고 가르치며 나의 생각을 전하는 일을 중단하지 않겠습니다.'

　나는 여느 때와 마찬가지로 이렇게도 말할 것입니다.

　'위대하고 강인한 아테네 시민 여러분, 나는 여러분이 지혜와 세력에 있어서 가장 뛰어나고 가장 명성이 높은 아테네 국민이면서 어떻게 하면 더 많은 재물을 얻을 수 있을까, 명예와 지위를 얻을 수 있을까에 마음을 기울이지 않고, 정신을 훌륭히 하는 데 마음을 쓰지 않는 점을 부끄럽게 여겨야 할 줄 압니다.'

　혹시 여러분 중에서 이의를 내세우며 그런 데에 관심이 있다고 한다면 나는 그 사람을 놓아주지 않고 붙잡아 묻고 따지고 토론할 것입니다.

　그가 만약 덕을 가지고 있지 않으면서 덕을 가진 것처럼 가장하는 것 같으면, 그에게 가장 소중한 것을 소홀히 여기고 가장 하찮은 것을 귀중하게 여긴다고 비난할 것입니다. 그 사람이 노

인이든 젊은이이든 가리지 않고 말할 것입니다. 우리나라 사람
이든, 그렇지 않은 외국 사람이든 가리지 않고 그와 같이 말할
것입니다. 더욱이 핏줄이 가까운 우리나라 사람에게는 더욱 그
것을 강조할 것입니다.

내가 이런 일을 하는 것은 오직 신의 명령을 따르기 위함입니
다. 그러니 이 점을 여러분들은 잘 이해해 주시기 바랍니다.

또한 여러분들을 위해 신에 대한 이러한 봉사보다 더 좋은 선
은 우리나라에서는 없다고 생각합니다. 지금까지 내가 이곳저
곳을 돌아다니며 한 일은 다음과 같은 것입니다. 말하자면, 나
이의 많고 적음과 상관없이 여러분들이 훌륭하고 위대한 정신
을 가지는 분이 되도록 하기 위해 애썼고, 재물에 대해 마음을
써서는 안 된다는 것을 설득시키려고 하였습니다.

나는 덕이 재물에서 생기는 것이 아니라 공적이든 사적이든
덕으로 말미암아 재물이나 그 밖의 모든 것에 이익이 되기 마련
이라고 말하는 것입니다. 이것이 나의 가르침이며, 만일 이러한
가르침이 청년들을 타락시킨다면 옳지 못할 지도 모르겠습니
다. 그렇지만 내가 그 밖의 다른 말을 한다고 주장하는 사람이
있다면 그것은 터무니없는 거짓말입니다.

아테네 시민 여러분, 다시금 간청합니다마는 이 모든 점에서

여러분이 아니토스의 말을 따르든지, 거부하든지 하십시오. 그리고 나를 놓아주든지 처형하든지 하십시오. 그러나 나는 여러 번 죽임을 당하여도, 결코 이 밖의 일은 하지 않았으며 나의 주장을 바꾸지 않음을 알아주십시오.

18

    내 말을 끝까지 조용히 들어 주십시오. 그러면 여러분에게도 반드시 유익하리라고 생각합니다. 사실 이제부터 여러분께 할 말이 따로 있습니다. 여러분께서는 그 이야기를 들으시면 아마도 고함을 치지 않을 수 없을 것입니다. 그러나 제발 그런 짓은 삼가 주십시오. 여러분께 내가 드리려는 말씀은, 여러분이 만일 나를 처형한다면 그것은 나를 해치는 일이 아니라 오히려 여러분 자신을 해치는 일이 된다는 것입니다. 멜레토스나 아니토스는 저를 해치지 못할 것입니다. 그들에게는 그만한 힘이 없습니다. 왜냐하면 선한 사람이 악한 사람에게 해를 당하는 일은 있을 수 없다고 생각하기 때문입니다. 물론 사형을 받거나 국외로

추방을 당하거나 시민권을 빼앗기는 일은 있을 테지요. 이와 같
은 일을 그 사람이나 다른 모든 사람들도 죄악이라 생각하겠지
만 나는 오히려 그가 지금 저지르고 있는 일, 즉 비겁한 방법으
로 사람을 죽이려는 일이야말로 훨씬 더 악하며 큰 재앙이라고
생각합니다.

　아테네 시민 여러분, 지금 내가 변명하는 행동이 나 자신을
위한 것이라 생각하는 분도 계실지 모르겠습니다만 이는 오히
려 여러분을 위한 것입니다. 신께서 여러분에게 보낸 은총인 나
를 처형함으로써 신에게 잘못을 저지르는 일을 막고자 변명하
는 것입니다. 말하자면 여러분이 나를 사형시킨다면 이제 나와
같은 사람은 다시 찾을 수 없기 때문입니다. 이렇게 말하는 것
이 우습게 생각되겠지만 나는 이 나라에 살도록 신으로부터 보
내진 사람입니다. 비유컨대, 이 나라는 몸집이 크고 혈통이 좋
지만 너무 살이 찐 말입니다. 그리하여 깨어 있으려면 그를 못
살게 구는 등에 같은 존재가 필요합니다. 신께서는 나를 말의
등에처럼 이 나라에 살게 하여 여러분 한 사람 한 사람을 깨우
치고 돌아다니면서 설득하고 비판하게 하려는 것이 아닌가 합
니다. 그러므로 다시는 나와 같은 사람을 찾기란 어려운 일인
줄 압니다. 여러분께서 내 말을 이해한다면 나를 아껴 두고 생

각하실 것입니다. 그러나 아니토스의 말을 믿고 있다면 여러분은 아마 선잠을 깬 사람처럼 화를 내며 나를 죽여 버릴 것입니다. 그런데 신이 여러분을 돌보기 위해 등에가 되어 줄 사람을 또 보내지 않는 한 여러분께서는 나머지 생애를 줄곧 편하게 잠자면서 보낼 수 있을 것입니다.

그리고 신께서 나를 한 인간으로서 이 나라에 보낸 것은 다음과 같은 사실로 밝혀질 것입니다. 이미 오래전부터 나는 개인의 일이나 집안일에 전혀 신경을 쓰지 못했습니다. 언제나 근심하는 일은 여러분의 일이었고 한 사람 한 사람, 여러분을 찾아가서 아버지나 형처럼 덕을 위해 힘쓰도록 타일렀습니다. 이것은 평범한 인간의 행동이라고는 할 수 없을 것입니다. 왜냐면 내가 이런 일을 하고 어떤 대가를 얻었거나 보수를 받았다면 그 일을 할 구실이 될 수 있겠지요. 그러나 여러분도 보시다시피 나를 고발한 사람들은 다른 모든 일에 있어서는 매우 파렴치한 방법으로 죄를 지어 냈지만 이 점에 대해서는 아무리 파렴치한이라도 증인을 내세워 누구에게서 보수를 받았다거나, 요구했다고 증언을 할 수 없었을 것입니다. 여기에 대해서는 한 사람의 증인도 증거도 제시할 수가 없기 때문입니다. 나의 가난은 이와 같은 것을 입증하는 증거가 될 것입니다.

19

내가 개인적으로 이 사람 저 사람을 만나고 돌아다니며 충고를 하고 부질없는 참견을 하면서도, 대중 앞에서는 나라를 위하여 어떤 일을 해야 한다고 권고하지 않은 일을 이상하게 생각할지도 모릅니다. 그러나 거기에는 이미 앞에서 말씀드린 것처럼 타당한 이유가 있습니다. 여러분은 내가 여러 차례 신의 음성을 듣고 있다고 말하는 것을 들은 적이 있었을 것입니다. 멜레토스의 고소장 속에도 조롱조로 씌어 있습니다. 그러나 나에게는 어려서부터 일종의 음성이 들렸습니다. 그런데 그것이 나타날 때는 내가 무엇인가 하려고 하는 일을 막으려는 때이며, 결코 어떤 일을 하라고 권하는 일은 없었습니다. 그것이 나로 하여금 정치에 관심을 갖지 못하게 반대한 것이며 그 반대가 내게 잘된 일임을 충분히 이해하였습니다.

아테네 시민 여러분, 만일 내가 일찍부터 정치에 관심을 갖고 있었다면 이미 오래전에 살해당하여 여러분이나 나 자신에게 아무런 이로움도 없었을 것입니다. 그리고 지금 진실을 말할 때 부디 노여워하지 마십시오. 여러분들에게나 많은 사람들에게 호소하고 싶은 것입니다. 이것은 이 나라 안에서 부정과 불의와

맞서 싸우기 위해 애쓰는 자라면 목숨에 미련을 가져서는 안 될 것입니다. 정의를 위하여 싸우려는 사람은 잠시라도 목숨을 부지하고자 한다면 사사로이 행동을 취할 경우라면 모르겠지만, 공인으로서 처신을 해서는 안 됩니다.

20

나는 여기에 관해 여러분에게 말에 그치는 것이 아닌 유력한 증거로서 사실을 보여 드리려고 합니다. 내게 일어난 이야기의 일부를 들어 주시기 바랍니다. 이것으로써 내가 결코 죽음을 두려워하여 정의에 어긋나는 일을 누구에게도 저지르지 않으리라는 것을 여러분께서도 충분히 이해하실 수 있을 것입니다. 그리고 죽음이 두려워 정의에 어긋나는 행동을 할 경우 죽음을 면할 수 없다는 것도 아시게 될 것입니다. 이제부터 말하려는 것은 법정에서 흔히 들을 수 있는 저속한 이야기이지만 그리하여 흥미 없는 이야기이지만 진실 된 이야기입니다. 아테네 시민 여러분, 제가 지금까지 관직에 몸을 담았던 적은 단 한 번뿐입니다.

원로의관이 된 당시의 일입니다. 때마침 내가 속한 부족인 안티오키스 부족의 집행부 일을 보고 있을 때 아르기누사이 해전 당시 파도에 휩쓸린 사람들을 구출하지 않았다는 이유로 열 명의 장군들이 한꺼번에 재판에 회부되었습니다. 그러나 이 처사는 후에 여러분께서 인정했듯이 법에 어긋나는 일이었습니다. 그때 나는 과감히 혼자만 여러분들의 의견에 반대했으며 법에 어긋나는 일을 하는 것은 부당하다고 반대투표를 하였습니다. 그러자 소송을 제기한 자들은 당장이라도 나를 결박할 것처럼 위협하고 체포하려고 하였습니다. 뿐만 아니라 여러분들도 큰소리로 그것을 지지하였습니다. 그러나 감옥에 갇히거나 사형을 당하는 일이 두려워 부당한 의결을 하는 여러분을 따르는 것보다 위험을 무릅쓰더라도 법률과 정의의 편에 서야 한다고 생각했습니다. 그리고 이것은 아직도 이 나라에서 민주주의가 이루어지고 있을 때 일입니다. 과두정치가 형성된 후 삼십 명의 혁명 세력(기원전 404년 아테네가 패전한 뒤 스파르타의 무력을 배경으로 크리티아스 등 30인의 독재 정권)들이 나와 다른 네 사람을 그들의 원형 당에 불러들여, 살라미스 사람인 레온Leon (아테네의 장군)을 죽이기 위하여 살라미스로부터 그를 데려오라고 명령하였습니다. 그들은 이와 비슷한 일을 하여 다른 많은 사람들에게도 여러 가

지 방법으로 명령하였습니다. 그때도 역시 나는 불의에 동조하지 않으면서 말뿐만 아닌 행동을 보여 주면서 죽음을 두려워하지 않는다는 뜻을 나타냈습니다. 내가 두려워하는 것은 죽음이 아니라 부정과 불의였습니다. 당시의 정권은 강력하였지만 나를 위협하여 부정한 일을 하도록 할 수는 없었습니다. 그리하여 우리들이 원형당에서 물러난 후 다른 네 사람은 살라미스로 가서 레온을 데려왔습니다만 나는 집으로 돌아왔습니다. 만일 그 정권이 곧 무너지지 않았다면 나는 그 일로 분명히 죽임을 당했을 것입니다. 이 일에 관해서도 여러분에게 많은 증인을 내세울 수 있습니다.

21

그렇다면 여러분은 내가 정치를 하면서 선량한 사람들처럼 항상 옳은 편에 서고, 또한 당연히 해야 할 일이라도, 이와 같은 일을 소중히 여긴다면 내가 이처럼 무사히 목숨을 부지해 올 수 있었으리라 생각하십니까?

아니, 아테네 시민 여러분, 그것은 도저히 불가능한 일입니다. 다른 어떤 사람도 그렇지는 못했을 것입니다. 그러나 내가 평생 동안 정치에서 무슨 일을 하였거나, 개인적으로 무슨 일을 한 것이 밝혀질 것이고 충분히 드러났습니다. 나를 터무니없이 모함하는 사람들이나 내 제자라고 말하는 사람들에 대해서도 결코 정의에 어긋나는 일을 하지 않았습니다. 그리고 나는 지금까지 그 누구의 스승이 된 적도 없습니다. 다만 젊은 사람이든 늙은 사람이든 나의 이야기를 듣고자 한다면 거리낌 없이 들려주었을 뿐입니다. 그리고 그 대가로 돈을 받는다거나 돈을 받지 않으면 이야기를 하지 않는 일도 전혀 없었습니다. 재물이 많거나 적음을 가지고 차별하지 않고 질문을 받아들였고, 내 이야기를 듣고 싶어 하는 사람이 있으면 누구에게나 서슴지 않고 어느 이야기든 해 주었습니다. 그렇다고 그 사람들 가운데 누가 훌륭하게 되고, 누가 불행하게 되건 그 책임을 나에게 돌리는 일은 옳지 않습니다. 왜냐하면 어느 누구에게도 학문을 가르치거나, 가르쳐 주겠다고 약속한 적이 없습니다. 그런데 만약 어느 누군가가 다른 나에게서 배웠다거나 들었다거나 한다면 그것은 거짓말임을 아셔야 합니다.

22

그렇다면 나는 다음과 같은 질문을 받을지도 모릅니다. '어째서 사람들은 오랜 시간 동안 당신과 이야기 나누는 일을 좋아하는가.'라고. 그러나 아테네 시민 여러분, 그 까닭은 이미 들었습니다. 나는 사실을 남김없이 말했습니다. 즉 그들은 자신을 지혜로운 사람으로 생각하고 있지만 사실은 그렇지 못한 사람들과 묻고 따지고 대화를 나누는 것을 좋아하기 때문에 즐겨 듣는 것입니다. 분명히 그것은 재미있는 일이니까요. 그리고 신께서 나에게 명령한 의무로 알았습니다. 신탁을 통해 그와 같은 전달을 받거나, 꿈으로 전달을 받았습니다. 그 밖에 신께서 사람에게 어떤 일을 내릴 때 쓰시는 여러 가지 방법들로 전달받았습니다. 아테네 시민 여러분, 이것은 추호의 거짓도 없는 사실이며, 쉽사리 알아낼 수 있는 사실이기도 합니다. 만일 내가 청년들을 정말로 타락시켰다면 그들 중 장년이 된 자는, 젊었을 때 나로 인해 나쁜 영향을 받았음을 깨닫게 될 것입니다. 그리하여 반드시 여기 나타나 내게 복수해야 할 것입니다. 또 그 사람이 원하지 않더라도 그의 주위 사람, 말하자면 아버지나 형제, 그 밖의 친척들이 나타나 그의 집안 누군가 어떤 피해를 나로 인해 입었다고 폭로할 것입니다.

어찌됐든 여기에 그럴 사람이 많이 와 있다고 생각합니다. 누구보다도 먼저 크리톤Kriton (평소에도 소크라테스를 보살펴 주고 그의 최후까지 돌보아 준 친구)이 와 있습니다. 그는 나와 동갑으로 같은 구區 출신이며, 크리토불로스의 아버지입니다. 다음으로는 스페투스구에 살고 있는 리사니아스는 아이스키네스의 아버지입니다. 또 저기 케피소스구에 사는 안티폰이 있습니다. 이분은 에피게네스의 아버지입니다. 그 밖에도 나와 문답을 즐겼던 사람들의 형제가 와 있습니다. 테오도토스 형제로는 테오조티데스의 아들 니코스트라토스가 와 있는데 테오도토스는 이미 죽었으므로 자기 형제에게 고발을 하지 말라고 당부할 수 없습니다. 그리고 이쪽에는 푸랄로스가 와 있습니다. 데모도코스의 아들이며 테아게스의 형입니다. 그리고 이쪽에는 아데이만토스가 있습니다. 그는 아리스톤의 아들이며 플라톤의 형제입니다. 또한 아폴로도로스의 형제인 아이안토스도 와 있습니다. 이 밖에도 많은 사람들을 열거할 수 있지만 멜레토스는 그중 어떤 사람을 자기 증인으로 내세워야 합니다. 그가 만일 그것을 잊고 있다면 지금 내세워도 좋습니다. 그렇다면 나는 발언을 양보하겠습니다. 그가 이러한 증인들을 통해 증언할 것이 있다면 말하게 하십시오.

그런데 여러분, 정반대의 사실을 듣게 될 것입니다. 이분들은 그들의 친척에게 나쁜 영향을 주고 타락시킨 자—멜레토스와 아니토스의 주장에 의하면—를 도와주기 위해 왔습니다. 피해를 입은 사람들이 나를 도와주기 위해 왔다면 그만한 이유가 있으리라고 생각합니다. 그러나 피해를 입지 않은 사람들, 이미 나이든 그들의 친척들이 무슨 까닭으로 나를 도와주려고 하겠습니까? 그것은 진리와 정의를 위해서이며, 그들은 내가 오직 진실만을 말하고 있으며, 멜레토스가 거짓을 말하고 있다는 것을 잘 알고 있기 때문입니다.

23

그렇다면 여러분, 이 정도면 변명이 충분하다고 생각하고 여기서 그만하겠습니다. 이 이상 더 하여도 아마 비슷한 내용이 될 것입니다.

그러나 끝내 여러분들 가운데서는 자기 자신의 경우를 생각하고 화를 내는 분도 있을 줄 모릅니다. 자신이 보다 더 보잘것

없는 소송 사건의 당사자여도 되도록 많은 동정을 얻으려고 눈물을 흘리고, 자기 집안사람들을 동원해 재판관들에게 호소하기도 합니다. 그러나 아무리 곤경에 처한 처지라 하더라도 그렇게는 하지 않으려 합니다. 여러분 가운데는 이러한 나의 태도를 못마땅하게 생각하고 그 점을 염두에 두었다 유죄 투표를 하는 분도 계실 것입니다. 만일 그런 분이 계시다면 나는 그분에게 다음과 같이 말하고 싶습니다.

"여러분, 나에게도 가족이 몇 명 있습니다. 호메로스의 시구에도 나오듯이 '참나무나 돌에서 태어난 것도 아니고' 사람에게서 태어났으니, 가족도 있고 아들도 있습니다. 아테네 시민 여러분, 나에게는 세 아들(장남은 람프로크레스, 차남은 소프로니코스, 삼남은 메네크세노스)이 있습니다. 한 명은 청년이 되었지만, 두 명은 아직 나이가 어립니다. 그러나 그중 어느 아이를 이곳에 데려와 여러분에게 나의 결백을 주장하며 무죄 투표를 해달라고 애원할 생각은 없습니다."

그렇다면 나는 왜 그런 일을 시키려고 하지 않을까요? 아테네 시민 여러분, 그것은 내가 거만하거나 여러분을 경멸해서가 아닙니다. 죽음을 두려워하고 그렇지 않고는 다른 문제입니다. 그러나 여론이라는 것을 생각해 볼 때 나 자신이나 여러분이나

나아가서 국가를 위해서도 그것은 불명예스러운 짓이 아닐 수 없기 때문입니다. 나이를 먹고 사실이든 아니든 지혜로운 사람이라는 명성을 얻은 자로서 그런 처사를 하는 것은 수치스러운 일이 아닐 수 없습니다.

어쨌든 이 세상에서 소크라테스가 어떤 점에서는 다른 사람들보다 뛰어난 데가 있다는 말이 있는 것이 사실입니다. 만일 여러분 가운데서 지혜나 용기 또는 다른 덕이 우월하다는 말을 듣는 사람이 불명예스러운 짓을 한다면 얼마나 부끄럽겠습니까?

나는 지금까지 훌륭한 인물로 생각했던 사람들이 그런 짓을 하는 모습을 여러 번 보았습니다. 사형당하는 것을 마치 무서운 함정에라도 빠지는 것처럼, 여러분께서 사형을 내리지 않으면 영생을 살 수 있는 것처럼 생각하는 듯했습니다. 나는 이러한 행동은 나라를 욕되게 하는 것이라 보며 다른 나라 사람들도 '아테네 사람들은 훌륭한 인물을 관직이나 그 밖의 명예로운 자리에 앉혀 놓지만 결국은 부녀자와 조금도 다를 것이 없더라'고 생각할지도 모릅니다.

그러므로 아테네 시민 여러분, 조금이라도 자존심이 있는 사람이라면 그런 짓을 해서는 안 되는 것입니다. 여러분도 이런 짓을 하는 것을 덮어 두어서는 안 됩니다. 이와 같은 자가 있다면 태연하게 재판을 받는 자보다 훨씬 더 무거운 벌로 다스려야 한다는 것을 분명히 아셔야 합니다.

24

　여러분, 체면에 관한 것은 무시하고라도 재판관에게 벌을 면하게 해 달라고 청탁하거나 청원하는 일은 옳지 못하고, 오히려 올바르게 가르치고 설득해야 한다고 생각합니다. 재판관은 누군가를 두둔하기 위해 그 자리에 있는 것이 아니라 옳고 그름을 판단하기 위해 있는 것입니다. 그들은 마음에 드는 사람이라고 해서 정실에 치우치는 일 없이 법률에 따라 공정하게 재판하겠다고 서약을 하였습니다. 그러므로 여러분께서는 서약을 어기는 버릇을 만들어 주어서는 안 됩니다. 뿐만 아니라 여러분도 그러한 습관에 빠져서는 안 됩니다. 이러한 것은 이미 신을 섬기지 않는 것이 되기 때문입니다. 그러므로 나에게 불명예스럽고 옳지 않으며 경건하지 않는 행동을 하라고 요구하지 마십시

오. 멜레토스에게 고발당해 여기에 있는 지금은 그런 옳지 못한 요구는 더욱 하지 말아 주십시오. 내가 여러분을 설득하여 무례한 부탁을 한다면 그것은 신을 믿지 말라고 가르치는 것과 다를 바 없으며, 변명을 하면서도 실제로 신을 믿지 않는다고 고백하는 것과 마찬가지가 되기 때문입니다. 그러나 이런 일은 도저히 있을 수 없습니다. 나는 신을 믿고 있으며 나를 고발한 그 누구보다도 더 독실하게 신을 믿고 있습니다. 그리고 나는 나에게도 여러분에게도 가장 올바른 판단을 내리도록 나의 재판을 여러분과 신께 맡깁니다.

1차 투표

1차 투표에서는 유죄와 무죄만 가르는 투표가 실시되는데, 여기에서 소크라테스는 유죄로 결정된다.

문제 제기의 **2차 변론**

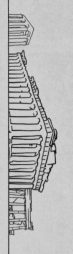

01

아테네 시민 여러분, 여러분께서는 나에게 사형을 내리셨습니다. 이 결과에 대해서 내가 억울하게 느끼지 않는 데에는 나름의 여러 가지 이유가 있겠지만 나는 이 결과를 짐작했기 때문입니다. 오히려 이상스러운 것은 찬반의 투표 결과입니다. 그 차이가 이처럼 근소할 줄은 몰랐고 훨씬 더 클 것이라 짐작했습니다. 나는 나에게 불리한 표가 더욱 많을 거라 생각했는데 반대표가 30표만 더 나왔다면 나는 무죄가 됐을 겁니다. 그러므로 나는 멜레토스의 고발에 대해 죄가 없다고 생각합니다. 아니토스와 리콘이 나를 고발하러 여기에 나타나지 않았다면 멜레토스는 투표수의 5분의 1도 얻지 못하여 1천 드라크마의 벌금을 물어야 했을 것입니다. 이것은 분명한 사실입니다.

02

　그런데 그는 나에게 사형을 요구하고 있습니다. 그렇다면 나는 여기에 대하여 어떤 형을 제의해야 합니까? 물론 적당한 형량이라야 하겠지요. 그러면 그것은 무슨 형이겠습니까? 내가 평생을 가만히 지내지 않았다고 해서, 보통 사람들과 달리 돈벌이나 살림이나 군대의 지휘, 백성을 지도하는 일, 그 밖의 관직을 갖는 일, 정당에 가입해 정치 활동을 하는 일에 무심하다고 해서 어떠한 형벌을 받아야 하고 얼마의 벌금을 물어야 하는지 알 수 없습니다.

　내가 이러한 일에 관심을 갖지 않은 것은, 나는 그렇게 살기에는 자신이 너무나 고지식하고, 여러분이나 나에게 도움이 될 수 없을 거라 생각되는 곳에는 발을 들여놓지 않기 때문입니다. 단지 내가 가서 나에게나 많은 사람에게 도움이 될 수 있는 곳에만 발을 들여놓았습니다. 즉 올바른 사람이 되기 위해 애쓰는 사람들이 있는 곳으로 발길을 옮겼습니다. 나는 한 사람을 설득하며 스스로 슬기로워지도록 했습니다. 또한 내게 속해 있는 것들에 마음을 쓰기에 앞서 스스로 슬기로워지도록, 나라의 속해 있는 것에 마음을 쓰기에 앞서 국가의 일과 그 밖의 일에 대해

서도 마음을 쓰도록 애써 왔습니다. 그럼에도 불구하고 이와 같은 일을 한 내가 어떤 형벌을 받아야 옳겠습니까?

아테네 시민 여러분, 내가 합당한 판결을 받으려면 그것은 어떤 것이라야 좋습니까? 그것은 내게 알맞아야 합니다. 여러분에게 도움이 되려고 한 사람은 가난하지만 선한 일을 했고, 여러분을 가르치기 위한 시간이 있어야 합니다. 아테네 시민 여러분, 이 사람에게는 프리타네이온(영빈관)에서의 식사 대접이 옳은 보상일 것입니다. 올림픽 경기에서 두 필 혹은 네 필의 말로 마차 경주를 하여 우승을 거두고 후한 대접을 받는 일보다 나의 경우가 훨씬 더 큰 의미가 있을 것입니다. 왜냐하면 그들은 여러분을 즐겁게 할뿐이지만 나는 여러분을 행복하게 하기 때문입니다. 따라서 나에게 공정한 형벌을 제의하라고 하면 나는 프리타네이온에서 접대를 받아야 한다고 하겠습니다.

03

내 이야기를 들은 여러분은, 동정을 받기 위한 탄원에 관하여

말했을 때와 마찬가지로 내가 오만하게 고집을 부리고 있다고
생각하실 겁니다. 그러나 그런 것이 아니고 나름의 까닭이 있습
니다. 우리가 서로 이야기를 나눈 시간이 너무도 짧았습니다.
나는 고의로 어떤 사람에게 나쁜 일을 하거나 죄를 범한 적이
없습니다. 다른 나라처럼 사형 재판을 하루 동안에 끝내는 것이
아니고 여러 날을 두고 하는 법률이 있다면, 나는 여러분을 충
분히 설득할 수 있을 겁니다. 하지만 지금처럼 짧은 시간에 수
많은 비방을 해명하는 일은 결코 쉽지 않습니다. 그리고 나는
다른 사람에게 나쁜 일을 한 적이 없기 때문에 내가 피해를 입
을 거라 생각지 않습니다. 그러한 내가 무슨 까닭으로 그와 같
은 화를 당해야 합니까? 혹시 멜레토스가 나에게 구형한 사형
을 받기가 두려워서일까요? 아닙니다. 죽음이 선인지 악인지
잘 모릅니다. 그러니 어느 것을 택하여 그와 같은 처벌을 내려
달라고 제의하겠습니까? 구류를 신청하면 어떨까요? 그렇게
되면 내가 감옥에서 지내며 해마다 임명되는 열 한 사람의 형무
관들의 노예 노릇을 하면서 목숨을 부지할 것입니다. 어찌하여
이래야 된단 말입니까? 혹은 벌금을 물때까지 감옥 생활을 해
야 합니까? 그러나 앞에서 말한 바와 같이 나에게는 벌금을 낼
돈이 없습니다.

그것도 아니라면 국외 추방을 제의할까요? 아마 이것이 여러분이 나를 위해 고려하는 처벌일지도 모르겠습니다. 그러나 내가 이것을 택한다면 생명에 집착하는 사람이 되고 맙니다.

아테네 시민 여러분은 나와 같은 시민이면서도 나의 토론이나 말을 참고 견딜 수 없고, 그것은 여러분의 두통거리이자 증오의 대상이 되었습니다. 그리하여 여러분이 거기에서 벗어나려고 하는데 다른 나라 사람이라고 해서 참고 견딜 수 있을까요? 그들 역시 여러분들과 마찬가지일 겁니다. 그러므로 나에게 이런 형을 내리지 마십시오. 나처럼 나이 든 사람이 외국으로 추방되어 이 도시와 저 도시를 떠돌아다니면서 쫓기는 생활을 하는 것은, 내게는 별로 불행한 삶이 아닐 겁니다. 왜냐하면 여기서도 청년들이 그랬듯이 어느 곳에서나 내 이야기에 귀를 기울이는 청년들이 있을 테니까요. 그래서 내가 그들을 쫓아낸다면, 청년들의 요구로 그곳의 어른들이 나를 쫓아낼 겁니다. 내가 청년들을 받아들이면 그들의 아버지나 친구들이 청년들을 위해 나를 쫓아낼 겁니다.

04

아마 이렇게 말하는 사람도 있을 겁니다.

'소크라테스, 이곳을 떠나 침묵을 지키며 살아갈 수 없겠소?'

그런데 이에 대한 나의 생각을 납득시키기가 가장 어려운 일입니다. 내가 침묵을 지키며 살아가는 일은 신의 명령을 거스르는 것이 되어 그렇게 할 수 없다고 진심으로 말씀드려도 여러분은 곧이듣지 않고 농담을 하고 있다고 할 것입니다. 그리고 날마다 덕에 대해 이야기하는 것이 이 사람에게는 최대의 선善이며, 나 자신과 남을 살피며 문답을 하는 이런 생활이 가장 보람 있다고 말하여도 여러분은 믿지 않을 것입니다. 그렇습니다. 여러분에게 이 말을 믿도록 하기가 쉽지 않습니다. 만일 돈이 있다면 벌금형을 제의하겠지만 내게는 그런 돈이 없습니다. 여러분이 내가 낼 수 있을 만큼의 벌금형을 내린다면 몰라도, 그렇다면 1므나라면 지불할 수 있을 것입니다. 그러므로 나는 1므나의 벌금을 제의하겠습니다. 그런데 지금 플라톤과 크리톤, 크리토불로스, 아폴로도로스는 30므나 벌금형을 제의하라고 권하고 있습니다. 그들이 보증인이 되겠다는 것입니다. 그러면 30므나의 벌금형을 제의합니다. 그리고 그들은 착실한 사람들이라 여

러분에게 믿을 만한 보증인이 될 것입니다.

2차 투표

이제 양형을 정하는 배심원들의 2차 투표가 실시되고 1차
보다 큰 표 차이인 80표 차이로 소크라테스에게 사형이 선
고된다.

최후의 변론인

3차 변론

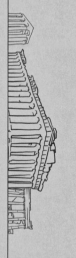

01

아테네 시민 여러분, 여러분은 머지않아 고약한 사람들에게 지혜로운 사람 소크라테스를 죽였다는 악평을 들을 것입니다. 여러분을 비난하고 싶어하는 사람들은, 실제로는 지혜롭지 않은 나를 지혜로운 사람이라고 할 것입니다. 만일 조금만 더 기다렸다면 여러분이 바라던 결과가 저절로 이루어졌을 것입니다. 아시다시피 나는 이미 나이가 많아서 죽을 날이 멀지 않았으니까요. 나는 지금 내게 사형 투표를 한 사람들에게만 이 말을 하려 합니다. 그리고 또 한 가지 사실을 말하려고 합니다.

내가 재판에서 진 이유가 나의 말재주가 부족하기 때문이라 생각하실 것입니다. 만일 무슨 짓이든지 해서, 무슨 말이든 해노 좋다고 생각했다면 나는 무죄 판결을 받았을 거라 생각합니

다. 그러나 그렇지 않습니다. 내가 패소한 것은 말이 모자라서
가 아니라 염치가 모자라서입니다. 여러분의 비위에 맞도록 바
라는 말을 하지 않았기 때문입니다. 눈물을 흘리며 애원하거나,
한탄하는 등 그 밖의 여러 가지 일을 하지 않았기 때문에, 말하
자면 많은 사형수처럼 여러분들에게 비굴한 짓을 하지 않았기
때문입니다. 나는 그런 짓을 할 용기와 담력이 없습니다. 나는
위험하다고 하여 흔히 볼 수 있는 비겁한 짓을 저지르는 일은
옳지 않다고 전부터 생각했습니다. 지금도 이렇게 변명하는 방
식을 후회하지 않으며, 남들처럼 여러분이 원하는 말을 하면서
살기보다 떳떳한 말을 하고 죽는 것이 옳다고 생각합니다. 사람
이라면 누구든 전쟁에 나가거나 재판에 나갈 때, 무슨 짓을 해
서든 목숨을 구하려고만 생각해서는 안 됩니다. 만일 전쟁에서
살고자 한다면 무기를 버리고 공격해 온 적에게 굴복한다면 목
숨을 구할 수 있습니다. 그리고 그 밖의 위험에 처하는 경우에
도 어떤 일도 가리지 않는다면 죽음을 면할 방법은 얼마든지 있
습니다.

그러나 여러분, 죽음을 면하는 일보다 불의를 피하는 일이 어
렵습니다. 불의는 죽음보다 빠르기 때문입니다. 지금 나는 늙
고 걸음걸이가 더디어 한층 느린 죽음에 붙잡힌 것이며, 이와

는 반대로 나를 고발한 사람들은 영리하고 민첩하여, 더욱 빠른 것, 즉 악에 잡히고 만 것입니다. 이제 나는 여러분의 사형 선고를 받고 이 자리를 떠나 죽음의 길로 가지만 여러분 역시 진리에 의해 유죄 선고를 받고 사악과 불의의 길을 갈 것입니다. 나는 판결에 복종하겠지만 여러분도 복종해야 합니다. 이것은 숙명적인 길로 나는 이렇게 되어도 좋다고 생각합니다.

02

자, 나에게 사형을 선고한 여러분, 나는 예언을 해 두고 싶습니다. 지금 죽음이 다가와 있으므로 사람으로서 가장 예언을 잘할 시기입니다. 나는 나에게 사형을 투표한 여러분에게 예언하려고 합니다.

여러분은 내가 죽은 후 여러분이 나에게 내린 사형보다 훨씬 더 무섭고 견디기 어려운 형벌을 받을 것입니다. 여러분은 비난을 피하고 간섭을 받지 않기 위해 이러한 일을 저질렀겠지만 오히려 그 결과는 여러분의 생각과 정반대일 것입니다. 여러분을 비난하고 간섭하는 사람은 훨씬 더 많을 것입니다. 지금까지 내가 그들을 막고 있었지만 여러분들은 미처 모를 것입니다. 그들은 젊기 때문에 더욱 과격하게 덤빌 것이고 여러분도 그들에게 화를 내며 괴로움을 당할 것입니다. 만일 여러분이 사람을 죽임으로써 올바로 살지 않는다는 비난을 피할 수 있다고 생각한다면 잘못된 판단을 하는 것입니다. 남을 해치면서 간섭에서 벗어나려는 것은 명예롭지 못한 도피법입니다. 남을 없애기보다 오히려 자신이 지혜와 덕을 쌓기 위해 노력하는 편이 훨씬 더 쉽고 훌륭한 방법입니다. 이것이 내가 죽기 전에 나에게 사형을 투표한 분들에게 드리는 예언입니다.

03

내게 무죄 투표해 준 여러분에게, 나는 여러분에게 지금 여기서 일어난 일에 대해 말씀드리고 싶습니다. 관리들이 사무에 바빠서 내가 형장으로 가기 전까지 잠깐 시간이 있는 거 같아 말하려고 합니다. 여러분, 조금만 내 곁에 머물러 계십시오. 아직

은 시간이 있으므로 서로 이야기해도 괜찮을 것입니다. 여러분은 나의 친구이며 지금 내게 일어난 사건의 의미에 대해 알려드리려고 합니다.

재판관 여러분(소크라테스는 배심원들을 줄곧 '아테네 시민 여러분'이라고 불렀지만 소크라테스에게 무죄 투표한 배심원들을 재판관으로 인정해 처음으로 재판관이라 부른다.)이야말로 재판관이라 부를 수 있습니다. 내게 일어난 이상한 일을 여러분에게 이야기하려 합니다. 지금까지 나에게는 종종 다이몬의 신탁이 있었습니다. 내가 옳지 않은 일을 할 때는 사소한 일이라도 반대하였습니다. 그리고 여러분이 아시다시피 나에게 큰 재앙이라 생각할 수 있는, 세상에서도 그렇게 생각하는 일이 일어났습니다. 그런데 오늘 아침에 집을 나설 때에도, 여기 법정에 들어서려고 할 때에도, 변론 도중이나 내가 무슨 말을 하려고 할 때에도 신탁이 반대하는 일이 없었습니다. 전에는 이야기 도중이나 무슨 말을 하려고 할 때 반대하는 일이 곧잘 있었습니다. 그러나 이번에는 내가 무슨 말이나 행동을 하듯이 사건에 대해서 반대하지 않았습니다. 이 침묵에는 무슨 까닭이 있다고 보십니까? 그것을 여러분에게 설명하겠습니다. 이번 사건은 나에게 좋은 일이며 누구든지 죽음을 재앙이라 생각하지만 그것은 옳지 않습니다. 내가 하려는 일이 잘못됐다면 신탁으로 나타났을 것입니다.

04

  그렇다면 이것이 좋은 일이라는 희망을 가질 만한지 아닌지 살펴보겠습니다.

  나는 죽음을 유익한 것이라고 생각하고 있으니까요. 죽음이란 다음의 둘 중 하나입니다. 아무것도 아닌 무無로 완전히 돌아가는 것, 즉 사람이 죽으면 전혀 감각도 없거나 전설 속 이야기처럼 영혼이 이 세계에서 저 세계로 옮겨 가는 것이 아닌가 합니다. 그런데 만일 죽음이 무감각 상태로 꿈도 꾸지 않을 정도로 숙면하는 것과 다를 게 없다면 죽음은 큰 소득이라 할 수 있습니다. 꿈도 꾸지 않을 정도로 숙면한 밤을 골라 자기 생애의 다른 밤과 비교해 본다면, 그리고 그의 일생에 있어 그 밤보다 더 즐거운 낮과 밤이 얼마나 있었을까요? 보통 사람들은 말할 것도 없고 페르시아 임금이라 할지라도 그런 밤이 다른 낮과 밤보다 적다는 것을 알게 될 것입니다. 그러므로 만일 죽음이 이

러한 것이라면 죽는 것을 어찌 형벌이라고 하겠습니까? 죽음이 영원히 그러하다면 하룻밤보다 길다고 생각할 수 없습니다. 혹은 죽음이란 것이 이 세계에서 저 세계로 가는 여정이고 전설에서처럼 사람이 죽어 누구나 다 그곳으로 간다면 이것보다 좋은 일이 어디 있겠습니까?

오, 나의 친구와 재판관 여러분, 이 세상의 재판관이라 자처하는 사람들에게서 풀려나 저승에 가 진짜 재판관을 만난다면 이러한 순례는 얼마나 보람 있는 일이겠습니까? 즉 미노스나 라다만티스, 아이아코스, 트리프토레모스 그리고 일생을 정의롭게 살았던 반신半神들을 볼 수 있다면 이 여행은 얼마나 의의 있는 것일까요? 만일 오르페우스와 무사이오스와 헤시오도스와 호메로스를 만나 대화를 나눌 수 있다면 많은 벌금을 내는 대가를 치르더라도 서슴지 않고 나서려는 사람이 많을 줄 압니다. 이것이 사실이라면 나는 몇 번 죽어도 좋습니다. 또한 팔라메데스나 텔라몬의 아들인 아이아스, 그리고 공정하지 못한 재판 때문에 억울하게 죽은 옛날 사람들을 만나 내가 받은 고통과 그들이 받은 고통을 비교해 보는 일도 큰 즐거움일 것입니다. 더욱이 가장 큰 즐거움은 이승 사람에게 했듯이 저승 사람들 역시 그들 중 누가 지혜로운 자이고, 누가 그렇지 못한 자인지 묻

고 따지면서 어떤 사람은 진정으로 지혜롭고, 어떤 사람은 지혜
롭다고 하지만 실상 그렇지 않음을 알게 될 것입니다.

　만일 트로이 전쟁에서 대군을 거느리고 간 오디세우스나 시
지프스 및 그 밖의 수많은 남녀를 만날 수 있다면 무슨 대가를
치른다 해도 아깝지 않을 것입니다. 저세상에서 이러한 사람들
과 이야기를 나누고 서로 교제하며 사물을 검토하고 질문을 한
다면 얼마나 행복한 일인가요? 또한 저세상 사람들과 이야기를
나눈다 하여 사람을 사형에 처하는 일은 없을 것입니다. 그들은
이 세상 사람들보다 훨씬 더 행복하며 전설이 옳다면 그들은 영
원히 죽는 일이 없기 때문입니다.

05

　그러므로 재판관 여러분, 죽음에 대하여 희망을 가져도 좋습
니다. 그리고 선한 사람들에게는 살아서도 죽어서도 나쁜 일은
일어나지 않습니다. 진실로 믿고 명심해야 할 것은 무슨 일을
하던 신께서는 보살펴 준다는 것입니다. 지금 내게 일어난 일도

까닭 없이 생긴 것은 아니며 죽음으로써 이러한 괴로운 일에서 벗어나는 것이 즐거움이라는 사실을 분명히 알 수 있습니다. 그러므로 신탁도 나의 말과 행동을 막지 않았습니다. 따라서 나는 유죄 투표한 사람들과 나를 고발한 사람들에 대한 원망을 갖지 않습니다. 그러나 그들이 평소에 이런 생각으로 유죄 투표를 하거나 고발한 것이 아니라, 나를 해칠 생각으로 한 것이므로 이 점은 비난을 받아 마땅합니다. 끝으로 한 가지 부탁이 있습니다. 내 자식들이 장성하여 덕을 쌓지 않고 재물이나 그 밖의 다른 일에 관심을 갖는다면 내가 여러분을 괴롭힌 것처럼 그들을 괴롭혀 주십시오. 또 그 애들이 아무것도 되지도 못하면서 잘난 척을 하고 뽐낸다면, 혹은 유의할 것에 유의하지 않고 보잘 것 없는 것에 관심을 가진다면 내가 여러분을 책망한 것처럼 내 자식들을 책망하여 주십시오. 여러분들이 그렇게 해 준다면, 나도 내 자식들도 여러분에게 사람대접을 받는 것이 될 겁니다.

이제 떠날 시간이 되었습니다. 각자의 길을 갑시다. 나는 죽기 위해, 여러분은 살기 위해 갈 것입니다. 그러나 어느 쪽이 더 좋은 일을 만나게 될지는 신 외에는 아무도 모릅니다.

Die Verwandlung

Franz Kafka

변신

프란츠 카프카

1

벌
레

잠을 자던 그레고르는 뒤숭숭한 꿈자리에서 깨어나자 자신이 침대 속에서 한 마리의 흉측한 벌레로 변했다는 것을 발견했다. 각질로 된 갑옷처럼 딱딱한 등을 밑으로 하고 위를 쳐다보며 누워 있던 그가 머리를 약간 쳐들자, 볼록하게 부풀어 오른 자신의 갈색복부가 보였다. 복부위에는 몇 가닥의 주름이 져 있고, 주름 부분은 움푹 패여 있었다. 그 복부의 불룩한 부분에는 이불의 끝자락이 가까스로 걸려 있었으며, 금방이라도 미끄러져 내릴 것만 같았다. 그런데 다른 부분에 비해 비참할 정도로 가느다란 수많은 다리가 그의 눈앞에서 불안스럽게 꿈틀거리고 있었다.

'이게 도대체 어찌 된 영문일까?' 하고 그는 생각했다.

하지만 슬프게도 꿈은 아니었다. 주위를 둘러보니 조금 작기는 하지만 어쨌든 사람이 사는 평범한 방. 틀림없이 자신의 방이었다. 사방의 벽도 익숙하고 낯익은 그 벽으로 둘러져 있었다. 탁자 위에는 따로따로 묶어 놓은 옷감 견본들이 여기저기 잡다하게 흩어져 있고(그레고르는 영업사원이었다) 탁자 위의 벽에는 얼마 전에 잡지 화보에서 오려내어 예쁜 금박 액자에 넣어서 걸어 놓은 그림이 걸려 있다. 그것은 어떤 부인의 자태를 묘사한 것으로, 그녀는 모피 모자와 모피 목도리를 두르고 커다란 모피 토시 속에 푹 집어넣은 양팔을, 보는 이를 향하여 추켜든 자세로 단정하게 의자에 앉아 있었다.

다음 순간 그레고르는 창밖을 보았다. 창틀의 철판을 두드리는 빗방울 소리가 들리는 가운데 음산한 날씨가 그의 기분을 몹시 우울하게 했다.

'잠이나 좀더 자 두기로 하고 더 이상 이런 허튼 생각은 하지 말아야지.'라고 그는 생각했다.

그러나 그것은 불가능한 일이었다. 그도 그럴 것이 그레고르는 늘 오른쪽으로 자는 버릇 때문에 돌아누우려 해도, 그때마다 몸이 흔들려서 결국 위를 향해 똑바로 누운 원래의 자세로 되돌아가 버리고 말았다. 그 짓을 백 번도 더 시도해 보았으리라. 그는 그동안에도 허우적거리는 다리들을 보지 않으려고 눈을 감은 채로 있었다. 그런데 지금까지 느껴 보지 못했던 허리춤의 가벼운 통증으로 인해 오른쪽으로 돌아누우려던 것을 포기해야만 했다.

'제기랄! 나는 어째서 이렇게 고된 직업을 선택했을까! 날이면 날마다 출장 또 출장이다. 사무실에서의 근무도 여러 가지로 귀찮기는 하지만 외관에 따르는 고충은 훨씬 더 각별한 것이다. 기차 시간에 대한 걱정과 불규칙하고 무성의한 식사, 언제나 고객이 바뀌어 제대로 된 인간관계가 성립된 적이 없다. 제기랄! 될 대로 되라지!'

그때 배 위쪽이 좀 가려웠다. 그는 쉽게 머리를 쳐들 수 있도록 몸을 침대 끝의 기둥 쪽으로 밀고 갔다. 그러자 조그마한 하얀 점들이 오글오글 붙어 있는 가려운 그 자리가 보였다. 그는 그 점들이 도대체 무엇인지 알 수가 없었다. 다리 하나를 뻗어서 그 점들을 만져 보려고 했으나, 이내 다리는 움츠러들고 말았다. 다리가 살짝 그곳에 닿자 온 몸에 소름이 끼쳤기 때문이다.

그는 다시 몸을 이끌고 이전의 위치로 되돌아갔다.

'사람이 너무 일찍 일어나면 이렇게 멍청해지는 법이야. 사람은 충분한 수면이 꼭 필요한 법이야. 다른 외판원들은 마치 후궁들처럼 지내고 있지 않은가. 가령 내가 밖에서 한 가지 일을 끝내고 오전 중에 숙소로 돌아와서 주문받은 것을 정리하고 기입해 둘 때에서야 비로소 그들은 아침 식사를 시작하지 않던가.
만약 내가 사장 앞에서 그런 짓을 한다면 그는 나를 당장 해고
시킬거야. 그런 생활이 좋은지는 잘 모르지만 그런 식으로 여유
있게 살고 싶어. 부모님만 아니라면 이렇게 참고만 있지는 않았
을 거야. 벌써 사표를 던지고 말았을걸. 사장 앞으로 당당하게
걸어가서 내가 생각하고 있던 바를 주저없이 털어놓을 것이다.
그러면 틀림없이 그는 놀라서 책상 아래로 굴러 떨어지고 말리
라. 하여튼 책상 위에 걸터앉아 어깨 너머로 사원들을 내려다보
며 이야기하는 것이라든지, 귀가 멀어서 말할 때마다 사원들에
게 아주 가까이 다가가지 않으면 안 되는 등 매우 고약한 사람
이야. 그러나 전혀 희망이 없는 것은 아니야. 부모님이 진 빚을
청산할 수 있을 만큼 돈을 모은다면 (아마도 5, 6년은 걸리겠지만)그
렇게만 된다면 꼭 결행할 테다. 그것이 내 일생일대의 전환기가
되겠지. 그것은 그렇다 치고, 우선 지금은 일어나야만 돼. 기차
는 5시에 출발하니까.'

그리고 그는 책장 위에서 째깍거리는 자명종 시계를 바라보
았다.

'하느님 맙소사!'

시계는 6시 반이었다. 조용히 계속 움직이는 시계 바늘은 이

미 30분을 지나 거의 45분에 육박하고 있었다. 종이 울리지 않았단 말인가. 침대에서 보아도 정각 4시에 울리도록 맞춰져 있었다. 틀림없이 울리긴 울렸을 것이다. 그렇다면 그렇게 요란하게 울려대는 종소리에도 깨지 않고 편안히 잠을 잘 수 있었단 말인가? 그러나 실은 밤새도록 편안하게 잘 자지도 못했다. 그렇기 때문에 종이 울린 후에 더욱 정신없이 곯아떨어졌는지도 모른다.

'그러나저러나 이제 어떻게 한다? 다음 기차는 7시에 있으니, 그 기차를 타려면 미친 듯이 서둘러야만 할 텐데.'

아직 견본들을 꾸려 놓지도 못한 데다가 몸도 마음도 개운하거나 유쾌하지 않았다.

'만약 그 기차를 탄다 해도 결코 사장의 불벼락을 피할 수는 없을 거야. 왜냐하면 5시 기차로 내가 오기만을 기다리던 심부름꾼이 내가 제시간에 도착하지 못한 사실을 이미 보고했을 테니까. 그 녀석은 아첨꾼으로, 줏대도 없고 분별력도 없는 사장의 앞잡이니까. 그렇다면 몸이 아프다고 말하면 어떨까? 그러나 그것은 더없이 괴로운 일이야. 더 수상쩍게 생각할게 틀림없어. 나는 지난 5년 동안 영업사원 생활을 하면서 단 한 번도 아팠던 적이 없으니까. 아마 아프다고 말하면 사장은 주치의를 데리고 올 것이다. 태만한 자식으로 인해 부모님까지 욕먹을 지도 모른다. 그 의사에게 일단 진찰을 받게 되면 아무리 발뺌을 해도 통할 리가 없을 것이다. 사실 그 회사 주치의가 본다면 건강하면서도 단지 일하기 싫어 꾀부리는 사람으로만 보일 것이다. 그러나 사실 지금 나의 경우 주치의가 나쁘다고 말할 수 있을까.'

지금까지의 그레고르는 잠을 푹 자고 난 뒤에도 졸음이 가시지 않았던 것을 제외하고는 문제가 없었고 다소 강한 식욕까지도 느껴 온 터였다.

이런 순간적인 생각들에 빠져 있다가, 그만 잠자리에서 일어나야 되겠다고 결심을 하기도 전에 (그때 자명종 시계가 6시 45분을 알렸고) 침대 머리맡 쪽에 있는 문에서 조심스럽게 두드리는 소리가 들렸다.

"그레고르야, 6시 45분이다. 일하러 안 가니?"

어머니가 부르는 소리가 들렸다. 아, 저 부드러운 목소리! 그러나 대답하는 자신의 목소리를 듣고 그레고르는 깜짝 놀랐다. 물론 틀림없는 자신의 목소리였지만, 어쩐지 밑에서부터 울려 나오는 듯한 꽥꽥거리는 괴로운 신음 소리가 섞여 나오는 것이었다. 처음에 튀어나온 말소리는 명확했지만 그 다음 말소리는 이 꽥꽥거리는 소리가 말끝을 흐려 놓아 자칫 상대방이 이쪽 말을 제대로 알아들었는지 조차도 의심스러울 지경이었다. 그레고르는 상세하게 모든 것을 설명하려고 생각했지만 이렇게 대답할 수밖에 없었다.

"네! 네! 어머니 곧 일어납니다."

문 바깥쪽에 있는 사람은 문이 나무 판자로 되어 있었으므로 그레고르의 목소리가 변했다는 것을 아마 몰랐을 것이다. 어머니는 그의 대답에 안심하고 다리를 끌며 가버렸다. 그러나 이 간단한 대화로 다른 가족들은 그레고르가 아직 출발하지 않았다는 것을 알고 말았다.

아니나 다를까 아버지가 반대 쪽의 문을 주먹으로 가볍게 두드렸다.

"그레고르, 그레고르! 도대체 왜 그러느냐?"

하고 아버지는 소리를 질렀다. 잠시 후 한층 낮은 목소리로

"애야, 그레고르야!"

하고 재촉을 했다. 그러자 맞은편 문 밖에서는 누이동생이 작은 소리로 걱정스럽게 애원하고 있었다.

"오빠, 몸이 어디 불편하세요? 무슨 일이 있어요?"

"이제 준비 다 되었다."

하고 대답하며, 한 마디 한 마디 말과 말 사이를 오랜 간격을 두어 조심스럽게 발음했다. 목소리가 변질되어 울리는 것을 감추려고 애썼다. 아버지는 아침 식사를 하려고 되돌아갔으나 누이동생은 아직 문 뒤에 서서

"오빠, 제발 문 좀 열어 주세요. 부탁이에요."

하고 애원했다. 그러나 그레고르는 문을 열 수가 없었다. 오히려 오랜 출장 경험에서 얻은 습관대로 밤이면 모든 문의 자물쇠를 잠궈버리는 자신의 조심성에 감사할 정도였다. 그는 다른 사람에게 방해받지 않고 조용히 일어나 옷부터 입고, 무엇보다도 아침을 먹은 후, 그 다음 일을 생각하고 싶었다. 침대 속에서 아무리 고민을 하고 있는다 하더라도 별다른 결론에 도달하지 못하리라는 것을 그 자신이 더 잘 알고 있었다. 가만 생각해 보니 불편한 잠자리에서 몇 번인가 가벼운 통증 때문에 일어나 보면 고통이 전혀 없었던 것처럼 멀쩡했던 적이 이전에도 자주 있었다. 그러므로 그레고르는 오늘의 여러 가지 일들도 점차로 어떻게든 풀릴 것이라고 생각하며 긴장해서 자신을 지켜보고 있었다.

그는 목소리가 변한 것도 지독한 감기 때문에, 즉 자주 출장을 떠나야하는 영업 사원의 고질적인 직업병에 불과한 것이라

고 마음속으로 생각했다.

이불을 걷어치우는 일은 매우 간단하였다. 그저 숨을 약간 들이마셔 배에 힘을 주기만 하면, 이불은 자연히 밑으로 미끄러져 내렸다. 그러나 그 다음이 문제였다. 몸을 일으키려면 팔과 손의 도움을 받아야 했으나, 팔은 없고 쉴새없이 제멋대로 움직이는 수많은 다리들만 있었다. 목적했던 일을 끝마치면, 그 동안 다른 모든 다리들이 마치 해방이라도 맞은 것처럼 요란스럽게 꿈틀거리는 것이었다.

'침대 속에서 더 이상 꾸물거려 봐야 아무 소용이 없겠는데…….'

우선 그는 하반신부터 침대 밖으로 끌어내리려고 했다. 그러나 아직 자신의 눈으로 보지도 못했으며, 또 어떻게 생겼는지 상상조차 할 수 없는 그 하반신을 움직이기란 매우 어렵다는 것을 알았다. 그 일은 많은 시간이 걸렸고 매우 힘이 들었다. 그래서 약간 화가 난 그는 있는 힘을 다해 정신없이 하체를 마구 앞으로 밀고 갔다. 그런데 방향을 잘못 잡아 침대 다리 쪽 기둥에 다리를 심하게 부딪쳤다. 후끈거리는 심한 통증을 느끼고서야 비로소 자신의 몸에서 가장 감각이 예민한 부분이 하체라는 것을 깨닫게 되었다.

그래서 이번에는 상체를 먼저 침대 밖으로 끌어내리려고 조심조심 머리를 침대 가장자리로 돌렸다. 그 일은 별로 힘들지 않게 할 수 있었다. 몸통은 그 폭이나 무게가 볼품없이 컸지만, 그래도 머리가 돌아가는 방향으로 같이 움직여 주었다. 그러나 머리가 막상 침대 밖으로 나가려니까 불안했다. 이런 식으로 침대 밖으로 나가다가는 결국엔 그대로 침대 밑으로 떨어질 것이고, 그렇게 되면 기적이라도 일어나지 않는 한 머리 부분이 무사할 수는 없을 것이다. 어떤 일이 있어도 정신을 똑바로 차리는 것이 무엇보다 중요한 것이라고 생각했다. 그래서 차라리 이대로 침대에 있는 편이 났겠다고 생각했다.

그러나 그는 앞서와 같이 애를 쓴 후에야 한숨을 몰아쉬면서 본래의 자리에서 다시 누울 수가 있었다. 그는 눈앞에서 조금 전보다 더 약이 오른 듯이 서로 엉클어져 허우적대는 자신의 가냘픈 다리들을 보면서 이 혼란 속에서 휴식과 실서를 찾을 방법은 없다는 것을 깨달았다.

'더 이상 그냥 침대에 누워 있을 수도 없고, 설령 침대 밖으로 나갈 수 있는 희망이 거의 없다고 할지라도, 모든 희생을 각오하더라도 이 자리에서 일어나는 것이 현명할 거야.'라고 중얼거렸다. 동시에 그는 자포자기하는 것보다는 심사숙고하는 쪽이 훨씬 낫다는 생각도 해보았다. 그러면서 그는 순간순간 날카로운 시선을 창 쪽으로 집중시켰다. 그런데 유감스럽게도 좁은 골목 건너편에 늘어선 집들까지도 뒤덮고 있는 아침 안개 때문에 밖을 바라보아도 자신감이나 상쾌함 같은 것은 느낄 수가 없었다.

자명종 시계가 7시를 알리는 소리를 듣자 그는 중얼거렸다.

"벌써 7시인데 아직 저렇게 안개가 짙다니, 참!"

그리고 그는 이 완전한 정적에 의해 혹시라도 평소의 자신의 상태로 되돌아가지나 않을까하는 기대로 잠시 동안 숨을 내쉬며 조용히 누워 있었다.

그는 또다시 중얼거렸다.

"7시 15분까지는 무슨 일이 있어도 침대에서 일어나야만 된다. 그때쯤이면 회사에서 누구라도 나를 만나기 위해 찾아올 것이다. 회사는 7시 전에 문을 여니까."

그레고르가 몸의 균형을 잡고 옆으로 몸을 가볍게 흔들면서 침대 밑으로 떨어지려고 해보았다. 이런 방법으로 머리를 위쪽으로 치켜들면 아마도 머리는 안전할 수 있을 것이다. 등은 딱딱하니까 카펫 위에 떨어져도 별일은 없을 것이다.

무엇보다 걱정이 되는 것은 추락할 때 나는 쾅하는 소리였다. 그 소리는 식구들을 크게 놀라게 하지는 않겠지만 무슨 일이 일어났을까 하고 그들에게 불안감을 안겨 줄 것이다. 그러나 할 수 없는 노릇이다.

그레고르가 이미 절반쯤 몸을 침대에서 일으켰을 때 (이 새로운 동작은 힘든 일이라기보다는 차라리 장난 같아서 몸을 좌우로 조금씩 흔들면 그만이었기 때문에) 누군가가 조금만 도와주면 일은 매우 쉽게 끝날 수 있을 것 같은 예감이 들었다.

힘센 사람이 두 명만 와준다면 (아버지와 하녀가 생각났다) 충분할 것이다. 그들이 둥글게 솟아오른 나의 등 밑에다 팔을 집어넣고 침대에서 몸을 굽혀 방바닥에 내려놓으면 될 것이다. 그리고 내가 방바닥에서 몸을 뒤집을 때까지 조금만 기다려 주면 된다. 그렇게만 되면 이 조그만 다리들도 제구실을 할 것이다.

'문이 모두 잠겨 있지만 않다면 구원을 청할 수도 있을 텐데.'

그는 이런 곤경 속에서도 생각이 여기에 미치자 웃음을 참을 수가 없었다.

그는 벌써 몸을 너무 세게 흔들어 균형을 잃고 침대에서 굴러 떨어지기 직전의 상태까지 와 있었다. 우물쭈물하고 있을 수는 없었다. 마침내 최후의 결단을 내리지 않으면 안 된다. 앞으로 5분만 지나면 7시 15분이다. 그때 현관문에서 벨이 울렸다.

'회사에서 누가 왔구나.'

하는 생각에 그는 온몸이 뻣뻣해지는 것 같았다. 그러는 동안에도 그의 다리들은 더욱 분주하게 꿈틀거렸다. 그 순간 온 집안이 매우 조용했다.

"아무도 문을 열어 주지 않는구나."

하고 중얼거리면서, 그레고르는 그 어떤 부질없는 희망에 매달려 보았다. 그러나 잠시 후 언제나처럼 하녀가 침착한 걸음걸이로 나가서 문을 열어 주었다. 그레고르는 방문객의 인사말만 듣고도 그것이 누구인지 알 수 있었다. 그는 바로 지배인이었다. 도대체 왜 나는 잠깐 게으름을 피웠다고 해서 금방 의심을 사는 그런 회사에서 근무해야 하는 팔자를 타고났을까? 도대체가 너나할 것 없이 사원들은 모두 쓸모없는 건달들이란 말인가? 그들 중에는 아침에 두서너 시간 정도 일을 하지 못했다는 이유로 양심의 가책을 느끼고, 얼까지 빠질 지경이 되어 침대 신세를 지게 된, 그런 충실하고도 희생적인 사람이 한 사람도 없다는 말인가? 형편을 알아보기 위한 것이라면 심부름꾼 정도로도 충분하지 않을까? (물론 그 형편을 알아본다는 일이 필요할 때의 말이겠지만 말이다) 그런데 꼭 지배인 자신이 와야 한단 말인가? 이 수상쩍은 사건의 조사를 지배인 이외의 사람에게는 맡길 수 없기 때문에 죄 없는 가족에게까지 알려야 한단 말인가? 그레고르는 침대에서 힘껏 몸을 굴려 아래로 뛰어내렸다. 그것은 확고한 결단에서가 아니라, 이런 저런 생각에 너무 흥분을 했기 때문이다.

쿵 하고 둔탁한 소리가 났다. 그러나 그다지 요란한 것은 아니었다. 바닥에 카펫이 깔려 있었으므로 사람들이 놀랄 만큼 둔탁한 소리는 나지 않았다. 생각했던 것보다는 등껍질도 탄력이 있었다. 다만 고개를 충분히 쳐들지 않았기 때문에 머리를 바닥에 약간 부딪쳤다. 그는 화가 치밀어 아픈 머리를 카펫에다 비벼 댔다.

"방 안에서 무엇인가 떨어진 모양이군요."

왼쪽에 있는 방에서 지배인의 목소리가 들려 왔다. 그레고르는 오늘 자신에게 일어난 일과 똑같은 일이 언젠가는 지배인에게도 일어날 수 있을 것이라고 생각해 보았다. 그런 일이 생기지 않는다고는 아무도 보장할 수 없다. 그러나 그레고르의 그런 의문에 대답이라도 하는 듯, 옆방에서 지배인이 에나멜 구두로 몇 발짝 거닐면서 삐걱거리는 구두 소리를 냈다. 그때 오른쪽 방에서 그레고르에게 지배인이 온 것을 알리는 누이동생의 속삭이는 목소리가 들려 왔다.

"오빠, 지배인님이 오셨어요."

"알고 있어."

그레고르는 중얼거렸다. 그 중얼거림은 누이동생이 알아들을 수 없을 정도로 작았으나 감히 목소리를 높일 수도 없었다.

이번에는 왼쪽 방에서 아버지의 목소리가 들렸다.

"그레고르야, 지배인께서 네가 왜 아침 기차로 출발하지 않았느냐고 묻고 계신다. 어떻게 대답을 해 드려야 좋을지 모르겠구나. 하여튼 너와 직접 말씀을 나누고 싶다고 하신다. 그러니 문을 열어라. 다소 방안이 어수선해도 그것은 이해하실 것이다."

"여보게, 잠자 군."

지배인이 다정한 목소리로 끼어들었다.

"그 애는 몸이 아파요."

아버지가 아직 문 앞에서 그레고르에게 말을 걸고 있는 사이에 어머니가 지배인을 향해 말씀하셨다.

"몸이 편치 않을 거예요. 지배인님, 믿어 주세요. 그렇지 않다면 우리 애가 기차를 놓치거나 할 리가 없습니다. 우리 애는 일밖에는 아무것도 몰라요. 때로는 기분 전환을 위해서 밤에 외출이라도 하라고 제가 먼저 잔소리를 할 정도이니까요. 오늘까지 벌써 일주일 동안이나 집에 와 있으면서도 매일 저녁 방에만 틀어박혀 있었어요. 차를 마시는 동안에도 테이블 앞에 앉아서 조용히 신문을 읽거나 기차 시간표를 점검하곤 합니다. 우리 애에게 취미라면 오로지 톱으로 무엇인가 만드는 일 뿐이에요. 저번에는 이삼일 저녁 계속해서 조그마한 액자를 하나 만들었답니다. 그것은 매우 훌륭한 액자로 우리 애 방에 걸려 있어요. 저애가 방문을 열면 곧 보실 수 있을 거예요. 하여튼 이렇게 직접 찾아 주셔서 참으로 고맙습니다. 우리 식구끼리만 있었더라면 문을 열라고 할 수 없었을 거예요. 대단한 고집쟁이거든요. 아침에 물어 보았더니 아무렇지 않다고 말하기는 했지만, 분명히 아픈 모양이에요."

"곧 가겠어요."

하고 그레고르는 천천히 말했으나, 밖의 대화를 한 마디도 놓치지 않으려고 꼼짝하지 않고 조심스럽게 있었다.

"그렇겠죠, 부인. 아무래도 달리 생각할 수가 없겠군요."

이번에는 지배인이 말했다.

"큰 병이 아니길 바랍니다만 한 가지 말씀드리지 않을 수 없는 것은, 우리처럼 장사하는 사람들은 (행복하든 불행하든 자기 사정이 어떻든 간에) 몸이 조금 아픈 것쯤은 대개 일에 대한 열정으로 극복해야만 한다는 것입니다."

"이제 지배인께서 들어가셔도 되겠느냐?"

아버지가 더 이상은 참지 못하겠다는 투로 말씀하시며 다시금 문을 두드렸다.

"안 돼요!"

그레고르의 대답에 왼쪽 방에서는 숨막힐 듯한 침묵이 흘렀고 오른쪽 방에서는 누이동생이 흐느껴 울기 시작했다.

도대체 누이동생은 왜 다른 사람들과 함께 있지 않는 것일까? 틀림없이 방금 일어나서 아직 옷도 제대로 갈아입지 않은 모양이다. 그런데 왜 우는 것일까? 내가 일어나지도 않은데다가 지배인을 방에 들여놓지 않았기 때문일까? 내가 실직당할 것 같아서? 만일 그렇게 되면 사장이 다시 옛날의 빚을 가지고 부모님을 괴롭힐까 봐 두려워서 우는 것일까? 그러나 그것은 지금으로서는 쓸데없는 걱정인 것이다. 나는 지금 이 자리에 이렇게 있으며, 가족들을 저버릴 생각은 추호도 없다.

잠시 동안 그는 카펫 위에 편안하게 누워 있었다. 현재 그의 상태를 아는 사람이라면 아무도 그를 향해서 지배인을 이 방으로 들여보내라고 강요하지 못할 것이다. 물론 이것은 무례한 일임에 틀림없다. 그러나 그것은 나중에 적당히 변명할 수 있는 사소한 것이며, 그것이 당장 그를 해고시킬 만한 일이라고는 생각할 수 없다. 사정사정하며 지배인에게 애원하는 것보다는, 차라리 지배인을 그대로 가만히 내버려두는 것이 더 현명한 처사라고 그레고르는 생각했다. 그러나 부모들은 불안한 나머지 다른 사람들을 당황하게 만들고 변명하기에 여념이 없었다.

"잠자 군 도대체 어떻게 된 일인가? 자네는 자기 방에 틀어박혀서 단지 네, 아니오라는 대답뿐이군, 부모님에게는 쓸데없는 걱정만 끼쳐드리고, 게다가 (이야기가 나왔으니 말이지만) 자네는 실로 얼토당토 않는 방법으로 직무를 태만히 하고 있어요. 나는 지금 이 자리에서 진지하게 자네 부모님과 사장님을 대신해서 말하겠는데, 즉각 자네의 이러한 태도에 대해 명백한 설명을 요구하네. 정말 이럴 수가 있나? 나는 그래도 자네를 침착하고 분별력 있는 사람이라고 생각했는데, 지금 갑자기 자네는 이상한 변덕을 부리려고 작정한 사람 같네. 사실은 오늘 아침 일찍 사장님께서 내게 자네의 결근 이유를 추측해서 이야기해 주셨는데 (자네에게 맡겨 놓았던 회수금에 관한 문제였네) 그러나 나는 그것은 사장님의 지레 짐작에 불과하다고 분명하고 단호하게 이의를 제기했네. 그러나 이와 같은 자네의 이해할 수 없는 고집을 본이상 나 역시 자네를 두둔해주고 싶었던 마음마저 송두리쌔 사라져 버렸다네. 게다가 말해둘 것은 자네의 지위가 그다지 안전한 것이 아니라는 것일세. 물론 난 자네와 단둘이서 이런 말을

하려고 생각했었네. 그런데 자네가 이처럼 쓸데없이 시간만 낭비했기 때문에 자연히 자네 부모님 앞에서 말씀드리게 된 것일세. 또한 자네의 최근 판매 실적은 별로 신통치가 못했네. 물론 계절적으로 판매 실적이 좋을 때가 아니라는 것은 우리도 잘 알고 있네. 그렇지만 전혀 실적을 올리지 못하는 철이란 있을 수가 없는 법이네. 있어서도 안 되고. 잠자 군, 알아듣겠나?"

"그러나 지배인님!"

그레고르는 흥분한 나머지 모든 것을 잊어버리고 정신없이 소리쳤다.

"곧 문을 열겠습니다. 정말입니다. 몸이 좀 불편하고 현기증이 나서 일어날 수가 없었습니다. 지금도 아직 잠자리 속에 있습니다. 하지만 이제 매우 좋아졌어요. 지금 침대에서 일어나는 중입니다. 제발 잠깐만 기다려주세요. 아직도 상태가 완전하게 좋지는 못합니다만, 그래도 괜찮습니다. 이렇게 갑자기 병이 나을 줄이야! 사실 어제 저녁에만 해도 아무렇지 않았습니다. 부모님들도 잘 알고 계십니다. 아니, 그렇게 말하고 보니 어제 저녁에도 조금 이상한 느낌이 들긴 했습니다. 나를 주의해서 보셨더라면 역시 좀 상태가 안 좋았다는 것을 아셨을 겁니다. 회사에 미리 알렸어야 했는데! 하지만 이정도의 병쯤은 집에 돌아

오지 않더라도 이겨낼 수 있다고 생각했습니다. 제발 부모님께
만은 싫은 소리를 하지 말아 주십시오. 지금 이것저것 저를 책
망하셨는데, 모두 당치도 않은 말씀이십니다. 지금까지 한 번도
그런 비난은 들어 보지 못했습니다. 최근에 제가 발송한 주문서
를 미처 보지 못하신 것이 아닌가요? 여하튼 8시 기차로 떠나겠
습니다. 두어 시간 쉬었더니 좀 기운이 납니다. 제발 지배인님,
먼저 돌아가 주십시오. 저도 곧 일을 하러 회사로 가겠습니다.
그리고 너그러우신 마음으로 사장님께 잘 말씀해 주십시오. 부
탁드립니다."

　이렇게 많은 말들을 단숨에 지껄이면서도 그레고르는 자기
자신이 무슨 말을 했는지조차 알 수 없었다. 그레고르는 침대
위에서 익힌 경험을 살려 옷장 쪽으로 다가갔다. 그리고는 옷장
에 매달려 일어서려고 애를 썼다. 그는 정말로 문을 열고 지배
인에게 자신의 모습을 보여 주면서 그와 이야기하리라 마음먹
은 것이다. 지금 저토록 자신을 만나고 싶어하는 사람들이 막상
자신의 변해버린 모습을 확인한다면 그들은 무슨 말을 할 것인
가 궁금하기도 했다. 만일 그들이 깜짝 놀라더라도, 내게는 하
등의 책임이 없으니까 그저 조용히 있으면 된다. 그들이 태연하
게 받아들이면 나 역시 흥분할 이유가 없으므로 8시 기차를 탈

수 있도록 하면 되는 것이다.

처음에 몇 번이나 반들반들한 옷장에서 미끄러졌으나, 마침 내 간신히 몸을 흔들어 일으켜 그곳에 똑바로 서게 되었다. 하반 신이 몹시 쑤시고 불에 덴 듯이 아팠지만 조금도 개의치 않았다. 그리고 가까이에 있던 의자 등받이에 몸을 던져, 조그마한 다리 들을 이용해 등받이 끝에 매달렸다. 그렇게 해서 자신을 움직일 수 있게 되자 그는 자제력도 생겨 지껄이는 것을 중단했다.

왜냐하면 겨우 지배인의 말에 귀를 기울일 수 있게 되었기 때 문이다.

"당신들은 단 한 마디라도 알아들으셨습니까? 설마 우리를 놀리려고 하는 것은 아니겠죠?"

하고 지배인이 부모님에게 소리쳤다.

"천만에요."

하고 벌써 모친은 울먹이며 외쳤다.

"틀림없이 큰 병에 걸린 거예요. 가엾게도 우리는 그 애를 괴 롭히고 있는 거예요. 그레테야, 그레테!"

하고 어머니가 누이동생을 불렀다.

"네, 어머니?"

하고 누이동생이 맞은편에서 내답했다. 그늘은 그레고르의 방을 가운데에 두고 서로 이야기를 주고받았다.

"당장 의사한테 다녀오너라. 네 오빠가 많이 아프단다. 빨리 의사를 불러 오너라. 너도 방금 그레고르가 말하는 소리를 들었지?"

"그것은 무슨 짐승의 목소리였어."

하고 지배인이 작은 소리로 말했다. 어머니의 큰 목소리에 비해 매우 낮은 목소리였다.

"안나, 안나! 얼른 열쇠 장수를 불러 오너라."

하고 아버지가 손뼉을 치며 문간방을 통해 주방에 대고 소리를 치셨다.

그러자 벌써 두 소녀는 옷자락 펄럭이는 소리를 내며 문간방을 빠져나갔다. (도대체 누이동생은 어쩌면 그렇게 빨리 옷을 갈아입을 수 있었을까?) 그리고 현관문이 열렸다. 그러나 문이 닫히는 소리가 들리지 않는 것으로 보아 열어 둔 채로 나가 버린 모양이었다. 무슨 큰일이라도 일어난 집 같았다.

그러나 그레고르의 마음은 점점 더 침착해졌다. 다른 사람들은 그가 한 말들을 알아듣지 못했다. 그 자신에게는 아주 분명하게, 조금 전보다도 훨씬 명료하게 들렸는데…… 이미 자신의 귀에 익숙해졌기 때문일 것이다. 하여튼 다른 사람들은 그의 상태가 정상이 아님을 확신하고 그를 도와주려 하고 있었다. 그런 최초의 조치가 취해진 데 대한 기대와 신뢰감으로 그는 기분이 좋아졌다. 그는 또다시 사람이 사는 세계와 자신이 연결되어 있다는 기분이 들었다. 그리고 의사와 열쇠 장수를 제대로 구별하지도 못하면서 이 두 사람에게 그는 커다란 경이적인 성과를 기대했다. 시시각각으로 다가오고 있는, 운명을 결정지어 줄 담판이 시작될 때 될 수 있는 대로 정확한 음성으로 말하기 위해서 그는 몇 번 헛기침을 해 보았다. 애써 점잖게 기침 소리를 내었다. 그것은 자신의 헛기침 소리가 인간의 소리와는 다르게 들릴 염려가 있었으며, 실은 그 자신은 이미 그것을 판단할 수 없을 지경이었다. 그러는 동안 옆방은 매우 조용해졌다. 아마도 부모님은 지배인과 거실 테이블에 이마를 맞대고 앉아 조용히 이야기를 나누고 있거나, 그렇지 않으면 모두들 문에 기대서 이쪽 방을 엿듣고 있는지도 모른다.

　그레고르는 의자를 천천히 문 쪽으로 밀고 갔다. 거기에다 의자를 놓고 문에 몸을 기대고는 꼿꼿이 섰다. (그의 다리 끝에선 끈적거리는 액체가 분비되고 있었다) 그리고 잠시 동안 지친 몸을 쉬었다. 그런 다음 입으로 열쇠 구멍에 꽂힌 열쇠를 돌리기 시작했다. 치아가 없다는 것이 매우 유감스러웠다. (그렇다면 도대체 무엇으로 열쇠를 돌린담) 그러나 이가 없는 대신 힘센 턱이 있었다. 그는 턱의 힘으로 열쇠를 돌렸다. 그때 분명히 어딘가 상처를 입었지만 그는 그것을 알지 못했다. 누르스름한 액체가 입에서 나와 열쇠 위를 따라 방바닥으로 뚝뚝 떨어지고 있었다.

"저 소리 좀 들어 봐요. 그가 열쇠를 돌리고 있어요."

옆방에 있는 지배인이 말했다. 이 말은 그레고르에게 큰 힘이 되었다. 그러나 아버지와 어머니도 함께 힘을 내라고 소리쳐 주었으면 싶었다.

"그레고르, 힘을 내라, 힘을 내. 자물쇠를 꼭 잡아라."

이 정도의 말은 해 줄 법도 한데 말이다. 하지만 모두가 그렇게 응원하면서 그의 노력을 지켜보고 있다는 상상을 하는 순간 그는 혼신의 힘을 다하여 열쇠를 물고 매달렸다. 그리고 열쇠가 돌아감에 따라 그는 자물쇠의 주의를 빙글빙글 돌았다. 지금 그의 몸은 입에 힘 하나로 버티고 있었다. 필요에 따라 열쇠에 매달리기도 하고, 전신의 무게를 실어 열쇠를 내리누르기도 했다. 마침내 자물쇠 열리는 소리가 들리자 그는 제정신으로 돌아왔다. 그는 안도의 숨을 내쉬면서 중얼거렸다.

"이젠 열쇠 장수가 필요 없게 되었어."

그리고 그는 문을 활짝 열기 위하여 고개를 손잡이 위에 올려

놓았다. 이렇게 해서 겨우 문은 열렸지만, 문이 안쪽으로 열렸기 때문에 그의 모습은 문 뒤에 가려져 밖에서는 보이지 않았다. 그는 열린 문짝을 따라 천천히 밖으로 돌아 나와야만 했다. 더욱이 문 앞에서 보기 흉하게 벌렁 자빠질 우려가 있기 때문에 극히 신중하게 움직여야 했다. 이렇게 더욱 힘이 드는 작업에 몰두하느라 그는 다른 사람들에게 주의를 기울이지 못한 나머지, 지배인이 큰 소리로 "앗!" 하고 신음 소리를 냈을 때에야 (마치 바람이 지나가는 소리처럼 들렸다) 비로소 지배인의 모습을 발견했다. 지배인은 문에 바짝 붙어 서 있다가 그를 보자 멍청하게 벌린 입을 손으로 가리고 서서히 뒷걸음질을 치고 있었다. 눈에 보이지 않는 어떤 힘의 작용에 의해 떠밀려 가는 듯한 모습이었다.

지배인이 와 있는데도 풀어헤친 머리를 손질조차 하지 않은 어머니는 양손을 합장하고 아버지를 보는가 싶더니 이내 그레고르 쪽으로 두어 걸음 다가서다가는 맥없이 쓰러지고 말았다. 그 순간 주름치마가 사방으로 활짝 펼쳐졌고 얼굴은 가슴속에 파묻혀 전혀 보이지 않았다. 아버지는 증오심에 불타는 표정으로 주먹을 불끈 쥐며 그레고르를 다시 방안으로 밀어 넣을 듯했으나, 다음 순간 불안한 시선으로 거실 안을 두리번거리다가 이윽고 양쪽 눈을 가리고 퉁퉁한 가슴을 늘썩거리며 울기 시작했다.

그레고르는 방안으로 들어설 생각은 않고 닫혀져 있는 문의 안쪽에 기대어 있었기 때문에 문 밖에서는 그의 몸체의 절반만이 보이고, 그 위에 옆으로 기울인 머리가 보일 뿐이었다. 그는 비스듬히 기울인 고개로 다른 사람들 쪽을 살펴보고 있었다. 그러는 동안 날이 환하게 밝아졌다. 도로를 사이에 두고 마주 보이는 기다란 짙은 회색빛 건물의 일부가 뚜렷하게 보였다. 그것은 병원이었다. 그 건물 벽에는 규칙적으로 창문이 뚫려 있었다. 그때까지도 비가 내리고 있었다. 눈에 보일만큼 굵직굵직한 빗방울이 땅위에 떨어지고 있었다. 식탁 위에는 아침상에 올랐던 식기들이 너저분하게 쌓여 있었다. 아버지에게는 아침 식사가 하루 중에서 가장 중요한 식사였다. 그는 여러 가지 신문을 읽으면서 두세 시간씩이나 머물러 있었다. 마침 맞은편 벽에는 그레고르가 군대 시절에 찍은 사진이 걸려 있었다. 그것은 육군 소위 시절의 사진으로 한 손은 군도에 얹어 놓고 자연스러운 미소를 띤 모습이 자기의 태도와 군복의 위엄에 대해서 경의를 표하라고 요구하는 듯 보였다. 또 현관 쪽의 문간방으로 통하는 문은 활짝 열린 채였고, 거실의 문도 열려 있었으므로 건너편 현관과 2층으로 통하는 계단도 보였다.

이 상황에서도 냉정을 유지하고 있는 것은 자기 혼자뿐이라는 것을 확신하며 그레고르는 입을 열었다.

"자, 그럼 곧 옷을 입고 견본을 챙겨 가지고 출발하겠습니다. 출발해도 되겠지요? 지배인님, 보시다시피 저는 고집쟁이가 아니며 일을 무척 좋아한답니다. 물론 출장은 무척 고된 일이지만, 그렇다고 출장 없이 어떻게 살아갈 수가 있겠습니까? 지배인님, 지금부터 어디로 가시겠습니까? 회사로 나가십니까? 그렇죠? 그리고 모든 일을 사실대로 보고하시겠지요? 누구나 잠깐씩은 일을 하지 못하게 되는 불가피한 경우가 있지 않습니까? 그런 경우에는 평소의 실적을 참작하셔서, 건강만 좋아지면 부단한 노력과 주의를 기울여 한층 더 열심히 일한다는 사실을 믿어 주십시오. 지배인님도 잘 아시다시피 저는 사실 사장님의 신세를 많이 진 사람입니다. 게다가 제게는 부모님과 누이동생에 대한 일도 걱정이 됩니다. 지금은 곤란한 처지에 놓여 있습니다만 어떻게 해서든지 이 곤경을 헤쳐 나갈 것입니다. 그러니 제발 저를 더 이상 이전보다 더한 곤경 속으로 몰아넣지만 말아 주십시오. 다른 사람들이 영업사원을 좋아하지 않는다는 것쯤은 저도 잘 알고 있습니다. 그들은 외판원이 큰 돈을 벌어서 호사스러운 생활을 하고 있다고들 생각합니다. 그렇다고 해서 그들의 이러한 편선을 고쳐 주셨다는 것은 아닙니다. 또 그런 계기가 있는 것도 아니구요. 하지만 지배인님께서는 다른 사람들보다도 회사의 상황을 잘 알고 계시지 않습니까? 아니 이 자리에서이니까 말씀드립니다만, 사장님보다도 지배인님께서는 훨씬 더 잘 알고 계시지 않습니까? 사장님은 자신이 사업주라는 입장 때문에 자칫하면 고용인에 대해 불리한 판단을 내리기도 하니까요. 이런 일은 번거롭게 말씀드릴 필요도 없다고 생각합니다만, 우연한 사고이며, 근거없는 비난을 짊어져야 하는 희생물이 되기 쉬운 처지입니다. 그렇다고 해서 영업사원은 어떻게 할 수도 없는 입장에 놓여 있습니다. 사실 말이지 영업사원들은 사무실에서 일어나는 일들은 전혀 모르기 때문에 그것을 막아낼 방법도 알지 못합니다. 지친 몸을 이끌고 부지런히 출장길에서 돌아왔을 때 비로소 무언지 알 수 없는 꺼림칙한 분위기를 느끼면서도 그저 가슴만 서늘해질 뿐입니다. 지배인님, 제발 돌아가시기 전에 제 말에도 다소는 일리가 있다고 한 마디만이라도 말씀해 주세요."

그러나 지배인은 그레고르의 말을 서너 마디도 채 안 듣고 이미 돌아서서 입을 내민 채 벌벌 떨면서 뒤를 돌아볼 뿐이었다. 그리고 그레고르가 말하고 있는 동안에도 시선을 그에게 고정시켜 놓은 채 현관문을 향해서 슬금슬금 물러서고 있었다. 마치

이 방을 벗어나면 안 된다는 금지령이라도 내려진 것처럼 뒷걸음질만 치는 것이었다. 그는 어느덧 현관 앞에 다다랐다.

그가 한쪽 발을 현관에 내딛는 순간의 동작은 마치 발뒤꿈치에 화상이라도 입은 사람처럼 황급한 동작이었다. 현관에 이른 그는 마치 신의 구원의 손길이라도 잡으려는 듯 계단 쪽을 향해 오른발을 뻗을 수 있는 데까지 뻗었다.

이런 일로 회사에서 자신의 위치가 위태로워지면 곤란하다고 생각한 그레고르는 이대로 지배인을 돌려보내서는 절대 안 될 것 같았다. 부모님은 이런 모든 상황까지는 잘 모른다. 부모님은 오래 전부터 그레고르가 이 회사에서 근무하고 있는 한 안정되고 편안한 생활은 문제없을 거라는 확신을 가졌었다. 부모들은 지금 눈앞에 닥친 근심 때문에 장래를 걱정할 여유가 전혀 없었다. 그러나 그들과는 달리 그레고르는 바로 그 장래를 걱정하고 있었다. 지배인을 붙들어 놓고 마음을 진정시킨 후 설득을 하고, 마침내 이쪽에 호의를 갖도록 하지 않으면 안 된다.

그레고르 자신과 가족의 장래가 바로 그것의 성패에 달려 있었다. 이 자리에 누이동생이 있었으면 얼마나 좋을까! 누이동생은 현명하다. 그레고르가 자빠져 누워 있었을 때도 그를 위해 울어 주었다. 게다가 지배인은 여자에게는 맥도 못 추는 사람이니까 누이동생이 말하면 틀림없이 설득될 것이다. 누이동생이 있으면 응접실 문을 꼭 닫아 버리고, 현관에서 지배인을 붙들고 설득시켜 그의 놀란 마음을 진정시킬 수도 있을 것이다. 그러나 애석하게도 지금 그 누이동생은 없다. 할 수 없이 그레고르 자신이 하지 않으면 안 된다. 그래서 그레고르는 현재 어떻게 해야 자신이 몸을 움직일 수 있는지 그것도 고려해 보지 않고, 또 무슨 이야기를 한다 해도 십중팔구는 상대방이 알아듣지 못할 것은 생각지도 않고, 그는 문짝을 떠나 슬금슬금 문지방을 넘었다. 그리고 지배인 쪽으로 가려고 했다.

그때 이미 지배인은 두 손으로 현관의 난간을 잡고 우스꽝스런 모습으로 배달려 있었다. 그레고르는 몸을 의지할 곳을 찾다가 곧 작은 비명을 지르며 숱한 발들을 아래로 하고 넘어졌다. 그 순간 그는 오늘 아침 처음으로 몸이 편안해지는 것을 느꼈다. 다리들은 이제야말로 딱딱한 마룻바닥을 딛고 있었으며, 자신의 뜻대로 움직이는 것을 알고 그레고르는 기뻐했다. 뿐만 아니라 다리들은 그가 가고 싶어하는 곳까지 그의 몸을 운반시켜 주려고 애썼다. 마침내 이것으로 해서 그 동안의 모든 비운이 곧 사라질 것 같았다. 흥분을 가라앉히고 어머니가 계신 곳에서 조금 떨어진 곳에서 몸을 일으키며 두 팔을 쭉 뻗어 손가락이란

손가락은 모두 활짝 벌린 채, "사람 살려요!"를 연발하고 있었다. 어머니는 그레고르의 모습을 자세히 보기라도 하려는 듯이 고개를 갸우뚱거렸으나, 그레고르를 쳐다보기는커녕 정신없이 뒷걸음질 쳐 달아나는 것이었다. 그녀는 뒤에 아침 식사가 준비되어 있는 식탁이 있다는 것도 잊어버리고, 그곳에 닿자 급히 식탁 위에 주저앉고 말았다. 그로 인해 그녀 바로 옆에 있던 큰 커피포트가 엎어져 카펫 위로 커피가 쏟아져 내렸으나 그녀는 전혀 그것을 의식하지 못하는 모양이었다.

"어머니, 어머니."

그레고르는 나직하게 부르면서 어머니를 올려다보았다. 그러는 동안 지배인에 대한 생각은 머리에서 사라지고 없었다. 그 대신 흘러내리는 커피를 보자 몇 번이나 허공을 향해 입맛을 다시지 않을 수 없었다.

그것을 보자 어머니는 또다시 큰 소리를 지르곤 식탁에서 도망쳐 때마침 달려온 아버지의 품안으로 쓰러져 안겼다. 그러나 그는 이제 부모님에게 신경을 쓰느라 머뭇거리고 있을 수가 없었다. 지배인은 벌써 계단위에 서 있었다. 그는 난간위에 턱을 내밀고 마지막으로 뒤를 한번 돌아보았다. 그레고르는 무슨 수를 써서라도 지배인을 붙들기 위해 비틀거리며 달리기 시작했

다. 이것을 보고 지배인은 질겁을 한 모양이었다. 한꺼번에 두
세 계단식 뛰어내려 자취를 감추어 버렸으니 말이다. 그러나
"휴!" 하고 한숨을 내쉬는 소리가 계단 밑에서부터 들려 왔다.
그런데 지배인이 도망치자 그때까지 비교적 침착했던 아버지가
당황의 빛을 띠기 시작했다. 그는 몸소 지배인을 쫓아간다든가,
혹은 지배인을 뒤쫓아가려는 그레고르를 내버려두기는커녕 지
배인이 소파 위에 내팽개치고 간 모자와 외투 그리고 긴 지팡이
를 오른손에 집어들고, 왼손으로는 식탁 위의 두터운 신문지를
움켜쥐고는 발까지 구르면서 단장과 신문지를 휘둘러 그레고르
를 그의 방으로 몰아넣으려고 했다.

　그레고르가 아무리 애원을 해도 소용이 없었고 사정하는 말
도 이해하지 못했다. 그가 단념하고 머리를 돌리려 했으나, 오
히려 아버지는 점점 더 무섭게 발을 구를 뿐이었다. 저쪽에서는
어머니가 날씨가 추운데도 창문을 열어 놓고 몸을 창가에 기댄
채 고개를 밖으로 쑥 내밀고는 두 손으로 얼굴을 감싸고 있었
다. 골목 안과 계단 사사이로 세찬 바람이 불어와 창문에 늘어
진 커튼이 휘날리고, 책상 위에 있던 신문지도 바스락거리더니
마침내 몇 장인가 마룻바닥 위로 떨어졌다. 야속하게도 아버지
는 야만인처럼 사납게 그레고르를 방으로 몰아넣으려고 했다.

그런데 그레고르는 그때까지 뒷걸음질을 쳐 보지 못했으므로 매우 느릴 수밖에 없었다. 방향 전환만 제대로 할 수 있다면 힘 들이지 않고 자신의 방으로 돌아갔을 것이다. 그러나 방향을 돌리는데 시간이 지체되면 다시 아버지의 신경질을 돋울까 두려웠다. 게다가 언제 어느 때 아버지의 손에 들려 있는 지팡이에 등이나 머리를 얻어맞아 목숨을 잃을지도 모른다는 위협을 느꼈다. 그러나 결국은 방향 전환을 하는 것밖에 별다른 도리가 없었다. 어차피 뒷걸음질 치다가 방향을 잘못 잡으면 더욱 큰일이었다. 그리하여 그는 계속 아버지 쪽을 힐끗힐끗 훔쳐보면서 될 수 있는 대로 빨리, 그러나 실제로는 매우 느린 동작으로 방향 전환을 하기 시작했다. 그제서야 아버지께서도 그레고르의 착한 마음씨를 알아차렸는지, 그가 하는 행동을 방해하지 않고 오히려 지팡이 끝으로 이리저리 방향을 지시해 주었다. 저 듣기 싫은 쉿쉿하는 소리만 없었으면 얼마나 좋았을까. 그레고르는 그 소리만 들으면 침착성을 잃어버리는 것이었다. 그가 방향을 잘못 잡아 다시 제자리로 되돌아가기도 했다. 다행히도 머리가 문지방을 향해 틀어져 있었으나, 그대로 들어가기에는 그의 몸통의 폭이 너무 넓어서 그대로는 문을 통과할 수 없다는 것을 깨달았다. 닫혀져 있는 다른 한쪽의 문이라도 열어 준다면 그레고르는 무사히 통과할 수도 있을텐데, 물론 정신없는 아버지가 그것을 알 리가 없었다. 아버지는 지금 상태로 보아 그레고르를 위한 그러한 배려를 기대할 수는 없을 것만 같았다. 아버지는 그레고르에게 닥친 장애는 생각지도 않고, 한층 더 큰 소리로 그레고르를 몰아댔다. 이미 등 뒤에서 들려오는 그 소리는 이 세상에서 단 한 사람뿐인 아버지의 목소리는 아니었다. 정녕 웃을 일이 아니었다. 그레고르는 될 대로 되라는 식으로 무작정 문을 향해 돌진했다. 한쪽 몸통이 문에 끼여 위를 향해 추켜 올라갔으므로, 그는 방문 사이에 비스듬히 걸려 있었다. 한쪽 옆구리가 심하게 벗겨지고 하얗게 칠한 문에는 보기 흉한 얼룩이 묻었다. 자신의 힘으로는 더 이상 어떻게 할 수 없을 정도로 꼼짝달싹도 할 수 없게 되었다. 한쪽의 다리들은 허공을 향해 바르르 떨었으며, 다른 쪽 다리들은 마룻바닥에 짓눌려서 몹시 아팠다. 그때 아버지가 뒤에서 힘차게 그를 밀었다. 그 때문에 그레고르는 피투성이가 되어 자신의 방안으로 밀려 들어와 엎어졌다. 그리고 지팡이로 방문을 닫는 소리가 꽝 하고 들렸다.

그리고 나서야 마침내 주위가 조용해졌다.

2

수
난

　날이 어둑해져 가는 저녁 무렵에 그레고르는 겨우 혼수상태와 같았던 잠에서 깨어났다. 무슨 약속이 있어서가 아니라 이제는 눈을 떠야 할 시각이었다. 왜냐하면 푹 수면을 취했기 때문이다. 그러나 사실은 소란스럽게 걷는 발소리와 문간방 쪽으로 통하는 문을 조심스럽게 여닫는 소리에 잠이 깬 것 같았다. 가로등의 불빛이 새어 들어와 천장과 가구를 비추고 있었으나, 방바닥과 그레고르의 주위는 어두웠다. 그제서야 그레고르는 촉각을 서투르게 작용시키면서 무슨 일이 일어났나 알아보려고 살그머니 문 쪽으로 기어갔다. 왼쪽 허리 언저리에 불쾌하게 당기는 듯한 커다란 상처가 생겨서 그는 두 줄로 된 양쪽 다리를 절름거리지 않을 수가 없었다. 게다가 아침에 소란으로 한쪽 다리에 심하게 부상을 입고 있었다. (부상입은 다리가 다행스럽게도 하나뿐인 것은 정말 기적이라고 해도 좋다) 그는 힘없이 질질 다리를 이끌고 기어갔다.

그는 문 앞까지 와서야 비로소 무엇이 그를 유혹했는지를 알게 되었다.

그것은 바로 음식 냄새 때문이었다. 즉, 그곳에는 흰 빵 부스러기가 둥둥 떠 있는 우유 그릇이 놓여 있었다. 그레고르는 기쁜 나머지 탄성을 지를 뻔했다. 아침나절보다도 배가 더 고팠기 때문이다. 그는 곧 우유 속에 눈까지 잠길 정도로 머리를 처박았다. 그러나 이내 실망하고 머리를 다시 들어야만 했다. 몸통의 왼쪽 허리 언저리가 아파서 먹기가 불편했을 뿐 아니라, (물론 애를 쓰면 먹을 수도 있었지만) 평소에는 아주 즐겨 먹던 것이었고, 그렇기 때문에 누이동생이 생각해서 방 안에 넣어 준 우유였는데, 지금은 전혀 맛이 나지 않았다. 그는 온몸에 소름이 끼치는 것 같아서 음식을 밀치고, 방 한가운데로 기어서 왔다. 문틈으로 내다보니, 거실의 가스등이 훤히 밝혀져 있었다. 여느 때 같았으면 이 시각에는 아버지가 석간신문을 어머니나 누이동생에게 큰 소리를 내어 읽어 주었을 텐데, 지금은 아무 소리도 들리지 않았다. 그리고 보니 누이동생이 항상 들려주었고, 출장 때면 편지로 알려 주던 아버지의 신문 낭독 행사가 요즘에 와서는 막을 내린 모양이었다. 그렇다 해도 집안에 사람이 전혀 없지는 않을 텐데 주위가 너무나도 조용했다.

'어쩌면 이렇게 식구들이 조용할까?'

그레고르는 혼잣말을 했다. 그리고 밀려오는 어둠을 지켜보면서 부모님과 누이동생에게 이런 좋은 환경에서 생활을 할 수 있도록 해 준 자신이 대견하게 여겨졌다. 그러나 지금의 안락, 행복, 만족의 일체가 무서운 종말로 다가온다면 어떻게 될 것인가? 이런 환상을 떨쳐 버리기 위해서 차라리 몸이라도 움직여 보는 것이 낫겠다고 생각한 그레고르는 이리저리 방안을 기어 다녔다.

오랜 저녁 시간이 흐른 사이에 옆쪽 문이 한 번, 그리고 맞은편 문이 한 번 열렸다가 이내 닫혀 버렸다. 누군가가 뭔가를 하기 위해 방을 기웃거리는 모양이지만 불안해서인지 망설이는 눈치였다. 그레고르는 문 옆에 몸을 바짝 밀착시키고 들어오기를 주저하고 있는 방문자를 어떻게 해서든지 방안으로 들어오게 하든가, 그것이 불가능하다면 최소한 상대가 누구인가를 알아내려고 했다. 그러나 문은 한참을 기다려도 더 이상 열리지 않았다. 문이란 문은 모조리 잠겨 있었던 오늘 아침에는 저마다 서로 그레고르의 방으로 들어오려고 했었는데 지금은 아무도 들어오려 하지 않았다. 더구나 문 하나는 이미 그레고르가 열었었고, 다른 문들은 모두 낮 동안에 열렸을 것이 분명하다. 그리고 지금은 모든 자물쇠가 밖에서 채워져 있었다.

밤이 깊어 거실의 등이 꺼졌을 때에야 비로소 그는 부모님과 누이동생이 그때까지 자지 않고 있었음을 짐작할 수 있었다. 그때 발끝으로만 걸어서 가만가만히 멀어져 가는 세 사람의 발소리를 똑똑히 들었기 때문이다. 그렇다면 다음날 아침까지는 아무도 그레고르의 방을 방문하지 않으리라. 그리하여 그레고르는 새벽녘까지의 남은 시간을 이용하여 앞으로의 생활에 대해서 깊이 생각해 볼 작정이었다. 그런데 지금 방바닥 위에 납작하게 엎드려 있는 이 방, 천장이 높고 텅 빈 이 방은 그를 묘한 불안 속으로 몰아넣었다. 도대체 원인은 알 수 없었다. 5년 동안이나 지내온 자신의 방이 아닌가? 그레고르는 거의 무의식적으로 몸을 굽혀 부끄러운 생각을 하면서 소파 밑으로 기어 들어갔다. 등허리가 약간 눌리고 고개를 쳐들 수는 없었지만, 소파 밑은 매우 편안하고 아늑했다. 단지 몸통이 너무 커서 전신이 완전히 들어가지 않는 것만이 안타까웠다.

밤새도록 소파 밑에 엎드린 채로 가끔은 꾸벅꾸벅 졸기도 하고, 이따금 배가 고파서 잠에서 깨어나기도 하고, 또 걱정과 막연한 희망에 사로잡히기도 하면서 하룻밤을 새웠다. 그러나 아무리 생각해 보아도 결론은 한 가지였다. 즉, 당장은 침착하게 가족들로 하여금 인내와 최대한의 조심성으로 그로 인해 일어나는 여러 가지 불쾌감을 견딜 수 있도록 해 주어야 한다는 것이다. 자신의 이런 모습은 아무래도 집 안 사람들에게 혐오감을 줄 수밖에 없기 때문이다.

해가 채 뜨기도 전인 새벽녘에, 그레고르는 자기가 다진 결심을 시험해 볼 기회를 얻었다. 문간방에서 어느새 옷을 갈아입은 누이동생이 긴장된 얼굴로 문을 열고 방안을 들여다본 것이다. 그녀는 한참 뒤에 소파 밑에 있는 오빠를 발견하자, 몹시 놀라며 (그렇게 놀랄 것은 없는데. 방안 어디에 내가 있는 것은 뻔한 일 아닌가! 어디로 날아서 도망칠 수도 없는 노릇이고) 그녀는 스스로를 어찌 할 바를 몰라 하다가 밖에서 문을 닫아 버리는 것이었다. 하지만 이내 자신의 태도를 뉘우친 양 다시 문을 열고는 방안으로 들어왔다. 마치 중병 환자나 낯선 사람의 방에 들어오는 듯 조심스런 태도였다. 그레고르는 소파 가장자리까지 목을 빼고 누이동생을 관찰했다. 우유를 마시지 않은 이유를 누이동생이 알아줄까? 배가 고프지 않아서 먹지 않은 게 아닌데. 좀 더 입맛에 맞는 맛있는 것을 가져다 줄 수는 없는 걸까? 누이동생이 시키지 않아도 자진해서 가져다 준다면 얼마나 좋을까. 그로서는 누이동생으로 하여금 그것을 깨닫게 하느니보다는 차라리 굶어 죽는 편이 나을 것 같았다. 그렇지만 그레고르는 소파 밑에서 다시 뛰어나 와 누이동생 발밑에 몸을 던지며 무엇이든 맛있는 것을 가져다 달라고 청하고 싶었다. 그러나 누이동생은 놀란 표정으로 조금 도 줄지 않은 우유 그릇을 곧 발견했다. 그릇 주위엔 약간의 우 유가 흘러 있을 뿐 우유는 그대로 남아 있었다. 그녀는 곧 그릇 을 집어 들었다. 맨손이 아니라 걸레 조각으로 말이다. 그리고 는 마시지 않은 우유를 들고 밖으로 나갔다.

이번에는 우유 대신에 무엇을 가져다 주려나 하고 그레고르 는 기대를 걸고 이것저것 생각해 보았다. 그러나 누이동생이 정 성껏 들고 온 것을 보고는 그는 다시 말문이 막혀 버렸다. 누이 동생은 오빠의 식성을 시험해 보기 위하여 여러 가지 음식물을 한꺼번에 가지고 와서 그것들을 낡은 신문지 위에다 펼쳐 놓는 것이었다. 그것들은 반쯤 썩은 야채와 가장자리에 흰 소스가 말 라붙어 있는 저녁 식사 때 먹다 남은 뼈다귀, 건포도 몇 알, 그 레고르가 이틀 전에 이런 것도 먹을 수 있느냐고 핀잔을 주었던 치즈, 아무것도 바르지 않은 마른 빵과 버터를 바른 빵, 똑같이 버터를 발라 소금을 뿌린 빵, 그리고 물을 담은 그릇이 있었다. 아무래도 이것은 그레고르를 위해 정해 놓은 음식인 모양이었다. 그리고 누이동생은 서둘러 방 밖으로 나가더니 이내 밖에서 방문을 잠궈버렸다. 누이동생은 그레고르가 자기 앞에서는 아무것도 먹지 않을 것이라고 생각했기 때문이었다. 그리고 문을 잠근 것은 다른 사람이 보지 않으니 마음놓고 식사하라는 그녀의 신호였던 것이다.

그는 밥을 먹기 위해서 다리를 꿈틀거리기 시작했다. 상처는 어느새 다 나아버린 듯 했다. 이제는 아무데도 아프지 않았다. 이 점에 대해서 그레고르는 몹시 놀랐다. 한 달 전에 칼로 벤 손가락이 어제까지 욱신욱신 쑤셔 대지 않는가. '그렇다면 나의 감각이 갑자기 둔해진 것이 아닌가?' 하고 생각하며 그는 허겁지겁 치즈를 먹기 시작했다. 여러 가지 음식 중에서 그레고르의 구미를 당긴 것은 다름아닌 이 치즈였다. 치즈, 야채, 소스의 순서로 순식간에 먹어 치우며, 만족스러운 나머지 눈물까지 흘러나왔다. 그런데 신선한 식품 쪽은 오히려 맛이 없었다. 무엇보다도 냄새부터 견딜 수가 없어서, 먹고 싶은 것만을 골라 한쪽 옆으로 끌어가 먹기까지 하였다. 그가 다 먹어 치운 후, 원래의 자리로 돌아가 태평스럽게 뒹굴고 있는데 누이동생이 천천히 열쇠를 돌리는 소리가 들려 왔다. 소파 밑으로 들어가라는 신호였다. 이미 막 잠이 들려는 상태였음에도 불구하고, 그는 그 소

리에 놀라 급히 소파 밑으로 기어 들어갔다. 그런데 누이동생이
방안에 있는 동안의 그 짧은 시간조차 소파 밑에 들어가 있는
일이 그레고르로서는 쉽지 않은 고역이었다. 왜냐하면 음식을
잔뜩 먹었기 때문에 배가 불러 낮은 소파 밑은 갑갑해서 숨도
제대로 쉴 수 없을 지경이었기 때문이다. 그런 사실을 전혀 눈
치채지 못한 누이동생은 먹다 남은 찌꺼기뿐만 아니라 전혀 입
도 대지 않은 것까지도 빗자루로 쓸어 모았다. 일단 이 곳에 가
지고 온 음식은 입을 대지 않은 것이라도 쓸모가 없다는 식이었
다. 그리고는 재빨리 모든 음식을 쓸어 통속에 넣고는 나무 뚜
껑을 닫은 후에 방을 나갔다. 그레고르는 숨이 막혀 질식할 듯
한 상태에서 약간 튀어나온 눈으로 누이의 모습을 바라보았다.
누이동생이 등을 보이며 돌아서자마자 그레고르는 금방 소파
밑에서 기어 나와 기지개를 켜며 편안한 자세가 되었다.

　이런 식으로 매일의 식사가 그레고르에게 제공되었다. 아침
식사는 부모님과 하녀가 일어나기 전에, 점심 식사는 식구들의
식사가 모두 끝난 후에 주어졌다. 왜냐하면 점심 후에는 늘 부
모님은 잠시 동안 낮잠을 잤고, 하녀는 누이동생의 심부름으로
시장을 보러 외출하기 때문이었다. 물론 아무도 그레고르를 굶
겨 죽이려 생각하지는 않았지만, 그런 시간에 음식을 주는 이

유는, 결국 집안 사람들이 그레고르를 피하고 싶었기 때문이며, 그레고르에 대한 이야기는 누이동생의 입을 통해서 듣는 것만으로도 만족했기 때문이다. 또, 누이동생으로서는 가족들에게 더 이상 이 일로 걱정을 끼쳐, 슬픔을 더 크게 확대시키고 싶지 않았던 것이다.

그레고르로서는 도대체 첫날 아침에 불러왔던 의사와 열쇠 장수를 어떤 구실을 붙여서 돌려보냈는지, 그 무렵의 일을 전혀 알 수가 없었다. 그레고르가 하는 말은 상대방이 이해하지 못했으며, 또 사람들은 그레고르가 자신들의 이야기를 정확하게 이해할 수 있으리라고는 아무도 믿지 않았기 때문이다. 그런 상황이었기 때문에 누이동생도 그레고르의 방에 들어와서는 가끔씩 한숨을 쉬거나, 성자의 이름을 외우며 기도하는 것 외에는 아무 말도 하지 않았다. 따라서 그레고르도 그것을 듣는 것으로 만족할 수밖에 없었다. 후에 누이동생이 모든 일에 다소 익숙해졌을 때, 완전히 익숙해진다는 것은 도저히 있을 수 없는 일이었지만 그레고르가 종종 친절한 말, 혹은 친절이라고 풀이할 수 있는 말 정도는 들을 수가 있게 되었다. 그레고르가 식사를 남김없이 다 먹었을 때, 누이동생은 "어머, 오늘은 맛이 있었던 모양이네요." 하고 말했고, 반대로 남겼을 경우에는 (그런 경우가 더 많았지만) "또 전혀 먹지를 않았군요." 하고 슬픈 듯이 말하는 것이었다. 그런데 그 후자의 경우가 차츰 빈번하게 반복되기 시작했다.

직접적으로는 아무것도 새로운 사실을 전해들을 수가 없었으므로 그레고르는 옆방에서 흘러나오는 이야기 소리에 귀를 기울였다. 조금이라도 사람의 목소리가 들리면 그는 곧 문 옆으로 기어가서는 몸을 문에다 바짝 붙였다. 특히 처음 며칠 동안에는 속삭이는 소리이기는 했지만 그에 대한 이야기가 나오지 않은 적이 한 번도 없었다. 이틀 간을 계속해서 세 번의 식사 때마다 어떻게 할 것인지를 상의하는 말소리가 들렸다. 그런데 식사와 식사 사이의 시간에도 집안의 누군가가 자기에 대하여 서로 이야기하는 소리가 들렸다. 즉, 아무도 혼자서는 집에 남아 있고 싶어하지 않았던 것이다. 그러나 만일의 경우를 위하여 집안 식구가 모두 나가 버릴 수는 없으므로, 언제나 최소한 두 사람은 집안에 남아 있었다. 하녀가 이번 일에 대하여 무엇을 어느 정도로 알고 있는지는 충분히 알 수 없었다. 그러나 이미 첫날에 그녀는 어머니 앞에 무릎을 꿇고 당장 그만두고 싶다는 말을 했다. 그리고 15분쯤 지나 마침내 집을 나갈 때에는 마치 큰 은혜나 입은 것처럼 눈물을 흘리면서 해고시켜준데 대하여 감사를 표시하고, 이쪽에서 부탁하지도 않았는데, 이번 일에 대해서는 털끝만큼도 다른 사람에게 말하지 않겠노라고 굳게 맹세하고 떠났다.

그렇게 되자 이제부터는 누이동생이 어머니와 함께 부엌일을 해야만 했다. 그러나 그 일이란 것이 크게 힘든 것은 아니었다. 왜냐하면 식구들은 모두 거의 아무것도 먹지 않았기 때문이다. 서로에게 많이 먹으라고 계속 권하였으나 그렇게 해도 아무 소용이 없었다. 상대방은 "고마워." "많이 먹었어." 하는 정도의 말 이외에는 아무 대답도 하지 않았다. 그레고르는 그런 식으로 서로 대화하는 것을 자주 들었다. 술도 마시지 않는 모양이었다. 누이동생이 곧잘 아버지에게 맥주를 드시겠느냐고 물어 보았다. 그러나 아버지가 대답을 하지 않으므로 누이동생은 그것을 소문을 꺼리는 침묵이라 짐작하고, 관리인 여자에게 말해서 가져오게 할 수도 있다고 말했다. 그러면 아버지는 마침내 악을 쓰며 큰 소리로 "안 마시다니까!" 하고 말하는 것이었다. 그리고 이것으로 맥주에 대한 이야기는 더 이상 나오지 않았다.

이미 첫날, 아버지는 아내와 누이동생에게 모든 재정 상태며, 장래의 전망에 대해 설명해 주었다. 그는 이따금 작은 금고에서 문서나 장부 같은 것을 들고 왔는데, 이 금고는 5년 전, 그의 사업이 파산했을 때 겨우 건져낸 것이었다. 복잡한 자물쇠를 열고 필요한 것을 찾은 후에 다시 닫는 소리가 들려 왔다. 부친의 이러한 설명은 어떤 점에서는 그레고르가 감금 생활을 시작한 이래로 그의 마음을 위로해 주는 최초의 것이었다. 이제까지 그는 부친이 파산했기 때문에 빈털터리가 되어 버렸다고만 믿고 있었다. 부친은 최소한 그레고르에게 그 반대의 말은 하지 않았던 것이다. 또 그레고르쪽에서도 거기에 대해서 부친에게 물어본 적이 없었다. 당시 그레고르로서는 가족들을 완전한 절망으로 몰아넣은 그 사업상의 불행을 될 수 있는 대로 빨리 가족들의 머릿속에서 지워버리는데 힘을 기울이는 일 외에는 아무것도 생각하지 않았다. 그랬기 때문에 그레고르는 남보다 열심히 일했으며, 하룻밤 사이에 미미한 일개 점원에서 영업사원으로 뛰어오를 수 있었던 것이다. 물론 영업사원이 되고부터는 돈을 버는 여러 가지 방법들을 알게 되었으며, 일의 결과는 당장 수수료나 현금의 형태로 바뀌었다. 그래서 이 돈을 집으로 가져와 가족들이 놀라게 테이블 위에 펼쳐 보일 수가 있었던 것이다. 그 무렵은 정말 신났었다. 후에 그레고르는 충분히 한 가정을 지탱할 수 있을 정도의, 그리고 현재 집안 재정을 꾸려 나가는 데 넉넉한 돈을 벌기는 했지만, 그 신이 나던 시절은 이제는 더 이상 그 옛날의 화려함과 더불어 돌아오지 않을 것이다. 가족들도 그레고르도 그것이 모두 습관이 되어 버려서 돈을 받는 쪽의 감정과 내놓는 쪽의 호기에는 변함이 없었지만, 거기에는 이미 훈훈한 정이 담긴 특별한 감정이 나올 수가 없었다. 오직 누이동생만이 변함없이 오빠에게 각별한 애정을 나타내고 있었다. 그레고르와는 달리 그녀는 음악에 재능이 있었다. 바이올린 솜씨가 훌륭했으므로, 이 누이동생을 내년에는 음악 학교에 입학시켜 주어야겠다는 것이 그레고르가 평소에 생각해 둔 계획이었다. 특히 학비가 많이 들겠지만, 그 정도의 돈은 또 다른 방법으로 어떻게 해서든지 융통할 수 있을 것이라고 생각했던 것이다. 그레고르가 이따금 잠시 집에 돌아와 있는 동안에도 음악 학교에 대한 이야기는 가끔 오누이 사이의 화제가 되었으나, 그것은 불가능한 아름다운 꿈으로만 여겨지고 있었다. 부모님은 그런 순진한 대화를 듣기만 해도 인상을 찌푸리곤 했다. 그러나 그레고르는 이 계획을 빈틈없이 세워 놓고 크리스마스 이브에 그것을 엄숙하게 발표하려고 마음먹고 있었던 것이다.

그레고르는 꼿꼿이 일어서서 몸을 문에 기댄 채 귀를 기울이고 있는 동안에도, 현재로서는 생각해 보았자 아무 소용이 없는 그런 일들을 문득문득 생각하였다. 때로는 엿듣기 위하여 귀를 기울이고 있는 동안 온 몸에 허기가 져서, 무의식중에 머리를 문에 부딪치는 일도 있었다. 그럴 때면 급히 문을 꼭 붙들었다. 왜냐하면 그러한 아주 작은 소리까지도 옆방에 있는 사람들에게 들릴 경우 그들은 일제히 입을 다물어 버렸기 때문이다. 그러면 으레 "또 무슨 짓을 하는 모양이군." 하고 아버지가 말하고는 잠시 동안 중지했던 대화를 다시 소곤소곤 시작하는 것이었다.

그레고르는 그들의 대화를 거의 모두 엿들었다. 왜냐하면 아버지는 자신의 말을 누구이 반복하는 버릇이 있었기 때문이다. 그것은 아버지로서도 이미 오랜 세월 동안 그런 이야기를 꺼내지 않은데다가, 또 이야기를 듣는 어머니도 단번에 상대방의 말을 이해하는 법이 없었기 때문이다. 아버지의 설명을 엿듣고, 그레고르가 분명하게 안 사실은, 여러 가지로 타격을 받았음에도 불구하고 옛날의 재산이 아직도 조금 남아 있으며, 그 동안에 전혀 쓰지 않고 남에게 빌려 준 돈이 적지만 어느 정도 이자가 불어났다는 것이다. 게다가 매월 그레고르가 집에다 가져온 돈도 (그레고르 자신은 용돈으로 겨우 2, 3굴덴을 썼을 뿐이었다.) 전부 소비된 것이 아니었고, 열심히 저축을 해서 약간의 돈이 모아져 있다는 것이다. 그레고르는 문 뒤에서 열심히 고개를 끄덕이며, 이 뜻하지 않은 조심성과 근검절약을 기뻐했다. 옛날에 그러한 여윳돈이 있었다면 부친의 부채를 모두 갚아 버리고 홀가분하게 그 직장을 그만둘 수도 있었겠지만, 지금에 와서 생각하면 부친이 취한 옳은 행동이 집안에 행운을 가져왔다는 것은 의심할 여지가 없었다.

그러나 돈이 좀 있긴 하지만 그 정도의 적은 이자로 한 집안의 생활을 꾸려나가는 것은 힘든 일일 것이다. 아마도 그 정도의 돈으로는 1년이나 겨우 2년 정도 연명할 수 있을 것이다. 결국 그것은 손을 대서는 안 될 돈이었고 만일의 경우를 대비하여 남겨 두어야 할 정도의 금액에 지나지 않았다. 생활비는 다른 방법으로 벌어야만 된다. 그런데 아버지는 건강하기는 했지만 아무래도 이미 나이가 많은데다가 5년 동안이나 아무런 일도 하지 않고 지내 왔기 때문에 일을 할 자신감을 상실하고 있었다. 더욱이 고생만 하고 전혀 보람이 없었던 그의 평생에서 처음으로 얻은 휴가라고 할 수 있는 이 5년 동안에, 완전히 살이 쪄 버려서 몸조차 자유로이 움직일 수 없는 상태였다. 그렇다면 어머니가 일을 해야 되는데, 어머니는 심한 천식을 앓고 있어서 항상 창문을 열어 놓고 소파 위에서 지내야 하는 형편이 아닌가? 그러면 남는 것은 누이동생인데, 이제 겨우 열일곱 살의 소녀로서 지금까지의 생활이라야 몸치장이나 하고, 잠만 자고, 고작해야 부엌 심부름이나 하고, 돈이 들지 않는 구경이나 다니고, 무엇보다도 바이올린을 켜는 일이나 하면서 지금까지 지내온 어린 아이가 아닌가. 이 어린 누이동생이 어찌 한 집안을 떠맡을 수가 있겠는가? 옆방에서의 대화가 여기까지 나오면, 언제나 그레고르는 문에서 떠나 바로 옆에 있는 싸늘한 가죽 소파 위에다 몸을 내던졌다. 너무나 부끄럽고 서글퍼서 몸이 후끈 달아올랐기 때문이다.

　그레고르는 가죽 소파 위에서 꼼짝하지 않고 소파에 씌워진 가죽을 쥐어뜯는 일이 잦아졌다. 그런가 하면 때로는 힘든 줄도 모르고 의자를 창가로 밀고 가서 창턱에 기어오르기도 했으며, 어떤 때는 그냥 그 의자에 의지한 채 창에 기대어 예전에 창밖을 바라보면서 느꼈던 일종의 해방감을 막연하게 회상하기도 했다. 매일 그렇게 바라보고 있노라니 이제는 조금 떨어진 곳에 있는 것도 날이 갈수록 그 윤곽이 차츰 희미해져 갔다. 예전에는 아침저녁으로 눈앞에 보이는 건너편 병원 건물이 보기 싫어서 견딜 수 없었는데, 그 병원도 이제는 볼 수 없게 되었다. 한적하기는 하지만 그래도 도시 한복판인 이 샬로테 가에 살고 있다는 사실을 확실히 기억하지 못하고 있었다면, 그는 창밖의 전망이 회색 하늘과 회색 대지가 분간되지 않은 채 뒤섞여 있는 황야라고 해도 별로 의심치 않았을 것이다. 주의력이 깊은 누이동생은 단 두 번 창가에 놓여 있는 의자를 발견한 후, 방 청소를 끝내면 항상 창가의 그 자리에다 의자를 갖다 놓았고, 뿐만 아니라 그 이후로는 안쪽 창문까지 열어 놓았다.

만일 그레고르가 누이동생과 이야기가 통해서 그런 모든 것에 대해 감사를 표시할 수만 있었다면, 누이동생의 보살핌을 좀 더 편안한 기분으로 받아들일 수도 있었을 것이다. 그러나 그것이 불가능했기 때문에 그의 마음은 더욱 괴로웠다. 물론 누이동생은 여러 가지 사건으로 인한 괴로움을 될 수 있는 대로 잊으려고 노력했다. 그리고 시간이 흐름에 따라서 그러한 모든 일들은 점점 나아져 갔다. 게다가 그레고르 쪽에서도 모든 것을 처음보다는 훨씬 정확하게 관찰할 수 있게 되었다. 이제는 누이동생이 방안에 들어오기만 해도 그레고르는 겁을 냈다. 전에는 누이동생이 가능한 한 그레고르의 방을 다른 사람에게 보이지 않으려고 애를 썼으나, 이제는 그레고르의 방에 들어서기가 바쁘게 급히 창가로 달려가서는 마치 질식이라도 할 것처럼 얼른 창문을 활짝 열어 놓고는, 아무리 추워도 잠시도 창가를 떠나지 않았다. 그녀는 이러한 달음박질과 창문의 덜거덕거리는 소리로 하루에 두 번씩 그레고르를 겁먹게 만들었다. 그래서 그레고르는 누이동생이 방안에 있는 동안에는 항상 소파 밑에서 움츠려 있어야 했다. 그러나 누이동생을 충분히 이해할 수 있었다. 만일 누이동생이 그레고르의 방에서 창문을 닫은 채로 일할 수만 있었다면, 그는 이런 고통을 느끼지 않았을 것이다.

그레고르가 변신한 지 한 달쯤 지난 어느 날 (그 무렵에는 이미 누이동생은 그레고르의 모습을 보고도 새삼스럽게 놀라거나 하지 않았다.) 누이동생이 평소보다 약간 빨리 왔기 때문에 그레고르가 꼿꼿이 선 채로 꼼짝도 하지 않고 조용히 창밖을 내다보고 있을 때, 그녀가 들어온 적이 있었다. 누이동생은 그러한 그레고르의 모습을 보자 기겁을 했다. 그레고르가 그렇게 창가에 서 있으면 바로 창문을 열 수 없기 때문에 누이동생이 방안으로 들어오지 않은 것은 전혀 이상하지 않았다. 그러나 누이동생은 방안으로 들어오지 않았을 뿐만 아니라, 뒷걸음질을 치다가 문을 닫아 버렸다. 모르는 사람이 보았다면, 그레고르가 누이동생이 들어오기를 기다리고 있다가 그녀에게 덤벼들려고 한 것이 아닌가 하는 생각을 해도 무리는 아니었을 것이다. 물론 그레고르는 곧바로 소파 밑으로 몸을 숨겼는데, 다시 누이동생이 찾아온 것은 정오 무렵이었다. 뿐만 아니라, 그녀는 평소보다 더욱 안절부절 못하고 불안하게 보였다. 그리고 보면 내 모습을 보는 것이 누이동생으로서는 여전히 견딜 수 없는 노릇인 셈이다. 앞으로도 이런 상황이 계속될 것이라는 사실을 그레고르는 그 일로 미루어 알고 있었다. 아무리 소파 밑에 숨어 있어도 그의 몸통이 조금은 보일 수밖에 없었다. 그런데 누이동생은 오빠의 몸 일부분만 보아도 도망치고 싶었지만 그것을 참고 있었다. 그것은 자기 자신을 굉장히 자제하고 있기 때문인 것으로 여겨졌다.

어느 날 그레고르는 그의 몸이 조금이라도 누이동생의 눈에 띌까 봐 이불을 등에 올려놓고 소파 위로 날랐다. (이 작업은 꼬박 네 시간이 걸렸다.) 그리고 그는 자신의 몸이 조금이라도 보이지 않게끔, 또 설사 누이동생이 몸을 구부린다 해도 보이지 않도록 이불을 잘 덮었다. 누이동생이 이 이불이 불필요하다고 생각한다면 물론 치워 버릴 수도 있다.

그러나 그레고르가 재미삼아 이런 식으로 몸을 드러내지 않는 것이 아니라는 것쯤은 누이동생도 짐작할 것 같았다. 그가 이불을 약간 치켜들고 누이동생이 이런 행동을 어떻게 생각하고 있는가를 엿보았을 때, 누이동생의 눈에는 마치 감사하는 듯한 미소마저 감돌았다.

처음 두 주일이 지나는 동안 부모님은 그의 방에 들어가기를 꺼려했다. 예전에 부모님은 누이동생에게 자주 화를 냈었는데, 그것은 누이동생을 탐탁치 않는 딸자식 정도로만 여겨왔기 때문이다. 그러나 이제는 누이동생의 행동을 고마워하고 있다는 것을 이따금 그들의 대화에서 그레고르는 짐작할 수 있었다. 이제는 누이동생이 그레고르의 방을 청소하고 밖으로 나오면 부모님은 곧 방안의 상태며, 그레고르가 먹은 것이며 행동들, 또는 조금 나아지는 징조가 보이는지에 대해서 물었고 누이동생은 자세하게 부모님에게 설명해 주어야 했다. 그리고 어머니는 조만간에 그레고르를 만나보고 싶어 했으나 부친과 누이동생이 갖가지 적당한 이유를 들어 그런 어머니의 방문을 저지했다. 그 이유라는 것을 그레고르는 매우 신경을 곤두세우며 듣고 있었는데, 그것은 참으로 옳은 것이었다. 지금까지 어머니도 여러 가지 이유로 주저했으나, 마침내 아버지와 누이동생이 그녀를 필사적으로 만류하기에 이르렀다. 모친은 있는 힘을 다해 외쳤다.

"들어갈 수 있게 해 주세요, 그레고르를 만나야겠어요. 누가 뭐라고 해도 그 애는 내 자식이니까요. 가엾은 아이라는 걸 당신도 잘 알고 있잖아요."

매일은 안 되더라도 최소한 일주일에 한 번쯤은 어머니가 자식의 방을 방문해 주는 것도 좋지 않겠는가. 누구보다도 어머니가 모든 일을 더 잘 돌봐 줄 것이다. 누이동생의 마음을 고맙게는 생각하지만 단지 어린 소녀다운 가벼운 기분에서 그런 어렵고 귀찮은 일을 담당하고 있는 것이니까.

어머니를 만나보고 싶다는 그레고르의 소원은 얼마 되지 않아 이루어졌다. 그레고르는 부모님의 상심을 염려해서 한낮에는 되도록 창가에 가지 않기로 결심했다. 그러나 넓지 않은 방을 돌아다녀 보았자, 겨우 2, 3평 넓이밖에 되지 않아 별 흥미가 없었다. 쥐죽은 듯 지내는 것은 밤만으로도 충분했으며, 음식을 먹는 일도 요즘에 와서는 그다지 내키지 않았기 때문에 사방을 헤집고 다니는 습관을 들여 기분 전환을 시키고 있었다. 그중에 천장에 달라붙어 있는 일은 그를 흥미롭게 했다. 방바닥에 엎드려 있는 것과는 또 다른 기분이었다. 마음이 편안해지고 가벼운 진동이 온몸으로 전해졌다. 그는 천장에 달라붙어 있으면서 너무도 행복에 젖어 아무것도 느낄 수 없는 상태에 빠져들었다가 무의식중에 다리를 떼는 바람에 방바닥 위로 떨어져 스스로 깜짝 놀라는 일도 종종 있었다.

그러나 변화된 자신의 몸을 지금은 자유로이 움직일 수 있으므로 그렇게 추락을 해도 대단한 일은 아니었다. 누이동생은 그레고르가 생각해 낸 이 새로운 취미를 이내 알아챘다. (그레고르는 벽이나 천장을 기어 다니면서 여기저기 찐득찐득한 점액 자국을 남겼던 것이다.) 누이동생은 오빠가 움직이는데 방해가 되는 가구나 특히 옷장과 책장을 치워주려고 마음을 썼다. 그런데 그 일은 혼자서 할 수 있는 일이 못 되었다. 그렇다고 해서 아버지에게 도움을 요청할 수는 더더군다나 없었다. 하녀도 물론 여간해서는 도와주는 법이 없었다. 왜냐하면 이 열여섯 살쯤 되는 하녀는 옛날의 하녀가 그만둔 이후로 끈질기게 참고 있어주었지만, 부엌문을 항상 잠구어 놓고는 여간해서 문을 여는 일이 없었다. 아무리 생각해도 아버지가 없는 기회를 타서 어머니에게 청하는 도리밖에 달리 방법이 없었다. 어머니는 기쁜 나머지 탄성을 지르며 도와주려 했으나, 그레고르의 방문 앞에까지 오자 어머니는 더 이상 입을 열지 않았다. 물론 누이동생은 어머니를 부르기 전에 그레고르의 방안을 사전 점검했다. 그리고 확인이 끝난 후에야 비로소 어머니를 방안으로 안내했다. 그레고르는 당황해서 이불을 보통 때보다 깊이, 그리고 일부러 주름을 많이 잡히게 해서 덮었다. 그래서 제대로 보지 않으면 그냥 소파 위에 널려 있는 이불처럼 보였다. 그레고르는 이번에도 습관적으로 이불 밑에서 조심스럽게 상황을 엿보았다. 그러나 순간적으로 어머니의 모습을 보는 것은 단념했다. 마침내, 어머니가 방문해 주었다는 것만으로도 마음이 흡족했다.

"괜찮아요. 들어오세요, 어머니. 보이지 않아요."

하고 누이동생이 말했다. 들어가기를 망설이는 어머니의 손을 누이동생이 끌어당기고 있는 것 같았다. 얼마 후, 그레고르의 귀에는 연약한 두 여인이 꽤 낡고 무거운 옷장을 힘겹게 옮기는 소리가 들려왔다. 그리고 일의 대부분을 누이동생이 도맡아 하는지, 모친은 걱정스러운 목소리로 너무 무리하지 말라고 말리는 모양이었다. 그러나 누이동생이 계속해서 부지런히 움직이는 소리가 들렸다. 시간이 이럭저럭 15분 정도는 지났다고 생각될 쯤에 어머니의 힘없는 목소리가 들렸다.

"아무래도 이것은 그대로 이 방에 두는 것이 낫지 않겠니? 너무 크고 무거워서 아버지가 돌아오시기 전에 옮길 수 없을 것 같구나. 그렇다고 이 큰 것을 그냥 방 한가운데에다 방치해 두면 그레고르가 다니는 데 방해가 될 테고. 더구나 가구를 치워 버리는 것을 그레고르가 좋아할지 우리로서는 알 수가 없지 않겠니. 차라리 전처럼 두는 편이 그레고르를 위하는 것이 아니겠느냐 말이야. 가구가 없으니 방안이 온통 텅 비어서 나로서는 허전한 기분이 드는구나. 그레고르가 오랫동안 이 방에서 지내왔으니, 갑자기 모든 것을 바꿔 버리면 그레고르는 아무래도 버림을 받은 기분이 들지 않을까? 그러니 그대로 두는게 낫겠어."

하고 어머니는 여린 목소리로 말했다. 처음부터 어머니는 조용히 누이동생의 귓가에 바짝 다가가 말을 하였다. 그레고르가 어디에 숨어 있는지 정확하게 알 수는 없었지만, 하여튼 자신의 목소리가 그에게 들리게 하고 싶지 않다는 태도였다. 그녀는 설마 그레고르가 사람의 말을 이해하리라고는 도저히 생각할 수 없는 일이었다.

"가구를 치워 버린다면, 마치 우리가 그 아이의 회복을 아주 단념해 버리고 더 이상 그 아이에 대하여 신경을 쓰지 않는 것처럼 보이지 않겠니? 나는 그런 생각이 든다. 방 모양을 옛날과 똑같이 놔둬야 그가 회복되었을 때라도 자신의 방이 하나도 변하지 않은 것을 보고 그만큼 쉽게 그 동안의 일을 잊을 수가 있을 것 같구나."

이처럼 말하는 어머니의 말을 엿들은 그레고르는 깨달았다. 사람들과 어울릴 수 없고, 더구나 집에서 단조로운 이 두 달 동안의 생활이 아무래도 자신의 머리를 돌아 버리게 한 것이 아닌가 하고, 왜냐하면 방안이 텅 비어 버리는 수밖에 다른 도리가 없었기 때문이다. 제정신이라면 선조로부터 물려받은 가구가 놓여 있는 정든 방을 텅 빈 동굴로 만들어버리려는 생각을 감히 할 수 있겠는가 말이다. 가구가 없으면 물론 구석구석을 마음대로 기어 다닐 수는 있겠지만, 그와 동시에 옛날의 자의 삶은 순식간에 잊어버리게 되리라. 게다가 지금도 거의 잊어가고 있지 않은가? 지금은 어머니의 목소리를 오래간만에 들었기 때문에 잠시나마 자신의 본 모습으로 되돌아온 것이 아닐까. 어머니의 말씀처럼 이 방에서 아무것도 치워져서는 안 된다. 모든 것을 그대로 두어야만 된다. 가구가 자신의 그것 때문에 기어 다니는 데 불편을 준다 할지라도, 자신으로서는 해가 된다기보다는 차라리 큰 이익이 되는 것이다.

그러나 불행히도 누이동생의 의견은 달랐다. 누이동생은 그레고르에 대해서만은 부모님보다 훨씬 사정을 잘 알았고, 또 소식통으로써도 부당하지 않았으며 그의 사정을 잘 아는 처지였다. 애당초 누이동생의 생각은 옷장과 책상만을 치우는 것이었으나 막상 어머니의 충고를 듣자 생각이 달라져 반드시 있어야 할 소파를 제외하곤 모든 가구를 치워 버리자고 고집을 부리기 시작했다. 누이동생이 이와 같은 고집을 부리게 된 것은 물론 어린 소녀다운 반항심이나 최근에 겪게 된 불의의 쓰라린 괴로움 때문에 생긴 탓만은 아니었다. 실제적으로 그녀는 오빠에게 넓은 공간이 필요하며 그렇기 때문에 방안의 가구들은 없는 편이 낫다는 것을 생각하고 있었다. 그러나 충분히 그 나이 또래의 소녀에게서 흔히 볼 수 있는 맹목적인 고집스러움도 작용했을 것이다. 그러한 정열은 언제나 자신을 충족시킬 수 있는 기회를 찾게 되는데, 그 심리가 지금 그레테를 유혹해서 그레고르의 처지를 더욱 비참하게 만들고 있었다. 지금 그레테는 한층 더 열심히 그를 위해서 봉사하겠다는 열정에 사로잡혀 있을 뿐 아니라, 그 유혹에 빠져 있었던 것이다. 사방의 아무것도 없는 텅 빈 방에 그레고르가 혼자 남게 되면, 그레테 이외에는 누구도 들어오지 않으려 하지 않겠는가.

　이런 이유에서 누이동생은 결코 자신의 결심한 바를 되돌리지 않았다. 어머니는 지금 그레고르의 방에 있는 것만으로도 무척이나 겁먹은 듯이 불안해 보였다. 그래서 곧 아무 소리 없이 옷장 옮기는 일을 도왔다. 그런데 이 옷장은 없더라도 별 문제가 안 되었지만, 책상은 달랐다. 두 여자가 힘들게 옷장을 밀고 나가자마자 그레고르는 소파 밑에서 조심스럽게 고개를 내밀고 어떻게 하면 신중하고도 조심스럽게 그들이 하는 일에 간섭할 수가 있을까 하고 생각했다. 그런데 불행하게도 먼저 돌아온 것은 어머니 쪽이었다. 그레테는 아직도 옆방에서 이리저리 움직이고 있었다. 물론 옷장의 위치는 조금도 달라지지 않았다. 그런데 모친은 그레고르의 모습을 여태껏 자세히 본 적이 없으므로 그를 보게 되면 기절할지도 몰랐다. 그래서 그는 깜짝 놀라 소파의 다른 끝 쪽으로 재빨리 움직였다. 그러나 그때 이불의 앞쪽이 조금 들쳐짐은 어쩔 수가 없었다. 그것만으로도 어머니는 반응을 보였다. 어머니는 문득 멈추어 잠시 그대로 가만히 서 있었으나, 이윽고 옆방의 그레테에게로 달려가 버렸다.

　뭐 큰일이 일어난 것도 아니고, 단지 가구 두세 개를 옮긴 것뿐이다. 그레고르가 그런 식으로 몇 차례 자신에게 타일렀음에도 불구하고 그들이 드나드는 소리와 나직하게 서로 부르는 소리, 방바닥 위에서 가구가 부딪치는 소리들은 사방을 요란스럽게 만들었다. 그는 방바닥에서 조금도 몸을 움직이지 않았지만, 곧 그의 인내력도 한계에 달하지 않을 수 없었다. 지금 두 여인은 방을 완전히 변화시키고 있다. 그가 좋아하는 물건들을 모조리 없애려 하고 있다. 실톱이며, 기타 기구들이 들어있는 상자는 이미 옮겨 가 버렸다. 그리고 지금은 방바닥에 꼭 부착시켜 놓은 자신이 필요로 하는 책상에 손을 대고 흔들고 있다. 그것은 어린 시절부터 그레고르가 계속 공부하면서 사용해 온 소중한 책상인 것이다. 일이 이렇게 되고 보니, 그녀들이 하고 있는 선의의 일에 간섭할 수 없게 되었다. 그는 두 사람의 존재를 거의 잊어버렸다. 왜냐하면 두 사람은 이미 지쳐 있었기 때문에 아무 말도 없이 일만 하고 있었으므로 그에게 들리는 것은 오직 조심스런 그들의 발자국 소리뿐이었다.

그레고르는 더 이상 보고만 있을 수가 없었다. 그는 소파 밑에서 기어 나왔다. (그녀들은 마침 옆방에서 옮겨 놓은 책상에 기대어 잠시 숨을 돌리고 있는 중이었다.) 그는 어떤 가구를 남겨 놓아야 할지 결정하지 못하고 기어가는 방향을 네 번이나 바꾸었다. 이제 방은 텅 비어 단지 모피로 감싼 뚱뚱한 여인의 초상화만이 눈에 띄었다. 그래서 그는 급히 기어 올라가 유리 위에 몸을 바짝 붙였다. 유리는 그의 몸을 시원하게 했다. 이 그림만은 아무도 가져가지 못하게 감추리라고 그는 생각했다. 이쪽으로 다시 오는 여인들의 모습을 살펴보기 위해서 그는 고개를 들어 거실로 통하는 문 쪽을 바라보았다.

두 사람은 잠시 쉬다가 곧 돌아왔다. 그레테는 힘이 빠진 어머니를 껴안다시피 부축하고 있었다.

"자, 이제는 어떤 것을 치울까요?" 하고 그레테가 말하며 주위를 둘러보았다. 그때 그레테와 벽에 달라붙어 있는 그레고르의 시선이 마주쳤다. 어머니가 있었기 때문에 누이동생은 침착하게 행동하려고 애쓰면서 얼굴을 어머니 쪽으로 돌리며 말했다.

"어머니, 잠시 거실로 돌아가 계시는 게 좋겠어요!"

그녀의 목소리는 벌써 침착함을 잃고 있었다. 그것은 앞뒤 분별도 없이 한 말이었다. 그레테의 속셈을 그로서는 눈치 챌 수 있었다. '어머니가 나를 볼 수 없게 안전한 곳으로 데리고 간 후에, 제자리로 쫓아 보내려는 것이겠지. 좋아, 쫓을 수 있으면 쫓아 보라지.' 그레고르는 그림을 둘러싸고, 결코 그것을 내주지 않겠다고 결심했다. 그림을 내주느니 차라리 싸울 태세였다.

그러나 그레테가 그런 말을 한 것은 오히려 역효과를 가져왔다. 어머니는 그레테의 말에 처음부터 불안함을 느꼈다. 어머니는 한 걸음 옆으로 물러서며 꽃무늬 벽지 위에 있는 큼직한 갈색 반점을 보고 그것이 그레고르라는 것을 깨닫기도 전에 소리를 질렀다.

"아이고! 저게 뭐냐?"

그리고 어머니는 양팔을 벌리고 마치 모든 것을 포기라도 하는 듯이 소파 위에 쓰러지더니 꼼짝도 하지 않았다.

"그레고르!"

누이동생은 주먹을 쳐들고 날카로운 시선으로 그레고르를 쏘아보았다. 이것이 그레고르가 변신한 이후 처음으로 누이동생이 직접 그에게 한 첫마디 말이었다. 누이동생은 어머니의 의식을 회복시킬 만한 약을 찾기 위해 옆방으로 뛰어갔다. 그레고르도 누이동생을 돕고 싶었다. (아직 그림을 지킬 시간은 있다.) 그러나 몸이 유리에 착 붙어 있었으므로 힘을 들여 몸을 떼야만 했다. 그리고 나서 자기도 옆방으로 기어갔다. 예전과 같이 누이동생에게 어떤 충고를 해줄 수 있을 것 같았다. 그러나 막상 당하고 보니 충고는커녕 누이동생 뒤에 우두커니 서 있는 것 외에는 아무것도 할 수가 없었다.

여러 가지 잡다한 병들을 뒤적이던 누이동생은 뒤를 돌아보더니 다시 한 번 깜짝 놀랐다. 그때 병 하나가 밑으로 굴러 떨어져 박살이 났다. 유리 조각 하나가 그레고르의 얼굴에 튀어 상처를 입히고 이상한 부식제 같은 약물이 그의 몸에 흘러내렸다. 그런데도 그레테는 잠시도 머뭇거리지 않고 손에 잔뜩 병을 들고는 어머니에게로 달려가면서 발로 문을 차, 쾅하고 닫아 버렸다. 이렇게 해서 그레고르는 어머니로부터 완전히 차단되었다. 어머니는 그 때문에 거의 초죽음이 되어 있었다. 이 문을 열어서는 안 된다. 어머니 곁에 있어야 될 누이동생을 자신이 들어감으로 해서 쫓아낼 생각은 없다. 그는 이제 차분히 기다리고 있을 수밖에 없었다.

그레고르는 자책과 불안에 쫓겨 여기저기를 기어다니기 시작했다. 벽과 가구와 천장을 이리저리 기어 다녔다. 방 전체가 빙

빙 돌기 시작하는가 싶더니 그레고르는 절망 상태에서 천장으로부터 아래 책상 위의 한복판으로 떨어지고 말았다.

얼마간의 시간이 흘렀다. 그레고르는 맥없이 늘어진 채로 누워 있었다. 주위는 조용했다. 이것은 틀림없이 좋은 징조일 것이다. 그때 초인종이 울렸다. 하녀는 주방에 틀어박혀 있었음으로 그레테가 나가야만 했다. 아버지가 돌아온 것이다.

"무슨 일이 있었니?"

아버지의 첫마디였다. 그레테의 표정을 보고 모든 것을 짐작했음에 틀림없다.

"어머니가 기절하셨어요. 하지만 지금은 괜찮아지셨어요. 그레고르가 기어 나왔지 뭐예요."

그레테의 목소리가 잘 들리지 않는 것은 분명히 아버지의 가슴에 얼굴을 파묻고 있기 때문일 것이다.

"내 그럴 줄 알았다, 내가 항상 주의를 주었는데도 여자들이란 도대체 사람 말을 안 들어 먹는단 말이야. 그러니까 이 모양이지."

아버지는 그레테의 아주 간단한 보고를 듣고, 그레고르가 무슨 난폭한 짓이라도 저지른 것으로 생각하는 모양이었다. 그래서 그레고르는 아버지의 마음을 진정시킬 수 있는 일을 해야만 했다. 그에게 사정을 설명할 시간도 가능성도 없었다.

그는 자신의 방문 앞으로 달려가 몸을 문에 바짝 붙였다. 그렇게 하면 현관에서 들어오시는 아버지께서 문만 열어 주시면 곧 자신의 방으로 들어가려고 하는 자신의 뜻을 알아주시리라 생각했다.

그러나 아버지는 그레고르의 그러한 섬세한 마음씨를 헤아릴 수 없었다. 그는 방안으로 들어서자마자 "그래!" 하고 소리쳤다. 분노와 희열이 뒤섞인 듯한 묘한 목소리였다. 그레고르는 고개를 돌려 아버지 쪽을 쳐다보았다. 그의 눈앞에 있는 아버지는 정말 상상도 못했던 모습을 하고 계셨다. 물론 최근에는 기어 다니는 일에 정신이 팔려서 집안이 어떻게 돌아가는지 통 모르고 지내는 형편이었다. 그러니 달라진 집안 사정과 부딪칠 각오가 되어 있어야 했을 것이다. 그런데 그것은 그렇다 하더라도 과연 이 사람이 정말 내 아버지란 말인가? 옛날의 아버지는 그레고르가 일찍 출장을 떠날 때면 침대 속에 축 늘어져 자고 있었고, 저녁에 출장에서 돌아오면 잠옷 차림으로 안락의자에 앉아 그를 맞이했었다. 잘 일어서지도 못하고 반갑다는 표시도 오직 두 팔만을 올려 보이던 분, 일 년에 몇 번 있는 축제일 같은 날에도 가족과 함께 산책을 나가면 원래 걸음이 느린 그레고르와 어머니 사이에 끼어, 그는 더욱 느리게 낡은 외투를 걸친 채 항상 조심스럽게 지팡이를 내딛으며 걷던 분, 어떤 말을 하고 싶을 때에는 거의 걸음을 멈추고 같이 온 두 사람을 의지하며 걷던 분, 그런 아버지와 지금 내가 마주하고 있는 사람이 같은 사람이란 말인가? 항상 그랬던 아버지가 지금은 단정한 자세로 똑바로 서 있다. 은행 수위와 같은, 몸에 잘 어울리는 금단추가 달린 감색 제복을 입고 있었으며, 저고리의 칼라 부분 위로 나온 턱은 두 겹으로 겹쳐 있다. 새까만 눈썹 밑에는 생기 있고 초롱초롱한 눈이 번쩍였다. 예전에는 다듬지 않던 백발의 머리도 단정하게 빗질을 해서 머리가 착 달라붙어 빛나고 있다. 그는 은행 이름인 것 같은 금실로 머리글자를 수놓은 제모를 돌리 듯 방안의 침대 위로 던졌다. 그리고 제복의 긴 옷자락 끝을 쓰다듬으며 양손을 바지 주머니 속에 푹 넣고, 매우 못마땅한 표정으로 그레고르 쪽으로 걸어왔다. 아버지는 아마도 자신이 지금 무엇을 해야 할지 잘 모르고 있는 것 같았다. 어쨌든 그는 힘차게 걸었다. 그레고르는 아버지의 구두 바닥이 부담스럽게 큰 것을 보고 놀랐다. 그러나 그는 어찌해야 할지를 몰랐다.

새로운 생활이 시작된 이래 아버지는 그를 최대한으로 엄하게 다룰 결심인 듯했다. 그러나 그레고르는 당연한 일이라고 생각하고 있었다. 그래서 아버지가 다가오면 도망치듯 물러섰고, 아버지가 멈추면 그도 따라 움직이지 않았다. 아버지가 조금만 몸을 움직여도 그는 이내 재빨리 도망쳤다. 그렇게 빙빙 돌기를 몇 번이나 했다. 아버지의 동작은 해치려는 것처럼 보이지는 않았다. 벽이나 천장으로 도망친다면 아버지는 좋아하시지 않으리라 생각했기 때문에 그레고르는 일단 마룻바닥에 가만히 있기로 했다. 아무튼 그레고르는 마룻바닥 위를 기어 다니는 일도 그리 오래 할 수는 없었다. 왜냐하면 부친이 자리를 옮길 때마다 그레고르도 따라 움직여야 했기 때문이다. 아버지는 옛날에도 폐가 그다지 좋은 편이 아니었다. 그는 가슴이 답답했다. 이렇게 힘을 다해 비틀거리며 옮겨 다니다 보니 피곤해서 눈을 거의 뜰 수가 없을 지경이었다.

아무리 생각해 봐도 마룻바닥 위를 기어서 도망치는 일 외에는 다른 방법이 떠오르지 않았다. 자유롭게 벽을 기어오를 수도 있었지만 그는 그런 사실마저도 생각해 낼 수 없었다. 게다가 벽면에는 정성을 들여 조각한 가구류 때문에 군데군데 뾰족하게 튀어나온 곳이 많았다. 바로 그때, 그의 옆으로 무엇인가가 날아오더니 그의 앞으로 굴러갔다. 그것은 사과였다. 연이어 두 번째 사과가 날아왔다. 그레고르는 놀란 나머지 그 자리에 멈춰 섰다. 더 이상 기어서 도망쳐 봤자 이제는 헛일이었다.
아버지는 폭격을 가할 결의를 굳히고 있었기 때문이다. 찬장 위
에서 사과를 꺼내 주머니에다 가득 넣고는 마치 전기 장치로 조
종되는 기계처럼 마룻바닥 위로 굴리는 것이었다. 슬쩍 던진 사
과 한 개가 그의 등을 스쳤으나 별로 반응이 없었다. 그런데 이
어서 날아오던 사과 한 개가 등에 정통으로 박혔다. 갑작스럽게
닥친 아픔을 잠시라도 잊어버리기라도 하려는 듯이 그레고르는
다시 기어 도망치려고 했다. 그러나 이내 심한 통증을 느끼고
그 자리에 힘없이 쓰러졌다. 마지막의 힘없이 감기는 눈으로 그
는 자신의 방문이 열리는 것을 겨우 볼 수가 있었다. 누이동생
의 뒤에서 어머니가 무슨 말인지를 외치며 달려 나왔다. 겉옷이
풀려 속옷이 드러난 상태였다. 조금 전에 기절했을 때, 응급조
치로 누이동생이 옷을 풀어 놓았던 것이다. 어머니는 그 차림새
로 아버지께 달려갔다. 그 사이게 풀려진 치마와 저고리가 걸려
치마가 하나하나 마룻바닥으로 흘러내렸다. 어머니는 그 치마
에 발이 걸리면서도 아버지 곁으로 달려가 그를 부둥켜안고는
(그러나 그때 이미 그레고르의 눈은 감겨진 상태였다.) 그레고르의 목숨을
살려 달라고 애원하며 흐느꼈다.

3

종말

한 달 이상이나 그레고르를 괴롭힌 이 처참한 상처에서 누구
도 감히 그 사과를 뽑아주는 사람은 없었다. 그 사과는 이 사건
을 나타내는 기념품으로써 살 속에 박힌 채로 있었다. 지금의
그레고르의 모습이 아무리 참담하고 징그럽다 하더라도, 그가
가족의 일원이며, 가족의 일원인 그를 원수처럼 취급해서는 안
된다는 것을 아버지는 뼈저리게 뉘우친 것 같았다.

　아버지는 혐오스런 감정을 가슴속에 접어 두고 오직 꾹 참는
것만이 가족의 의무라고 까지 생각하게 되었다.

　그 후 그레고르는 그 상처로 인해 몸을 자유롭게 움직이는 일
이 영원히 불가능해진 것 같았다. 지금으로써는 방을 건너가는
것만도 마치 병든 노인처럼 매우 오랜 시간이 걸렸다. 더군다나
벽을 기어 올라간다는 것은 꿈도 못 꿀 일이었다. 그런데 다른
일이 그를 기쁘게 했다. 그것은 거실과 그레고르의 방을 가로

막고 있던 문이 열리게 된 것이다. 그레고르는 이제 문이 열리기 한두 시간 전부터 뚫어지게 문을 바라보는 것이 하루의 습관처럼 되었다. 어두운 방안에 갇혀 있는 그의 모습은 거실에 있는 사람들의 눈에는 띄지 않았고, 그 반대로 그레고르에게는 가스등이 환히 켜진 테이블 주위에 모여 있는 가족들의 모습을 볼 수 있었다. 이제 그들의 대화를 옛날보다 훨씬 자유롭게 들을 수가 있게 된 것이다.

출장동안, 어느 싸구려 호텔의 칙칙한 침대 속에 지친 몸을 던져야 했던 시절, 그레고르는 항상 부러운 눈으로 자기 집 거실에 모여 앉아 떠들썩하게 이야기하고 있는 식구들의 모습을 그리워했던 것인데, 지금 눈앞에 그들은 옛날의 그 생기 있는 모습은 아니었다. 지금은 그냥 조용하게 시간을 보낼 뿐이었다. 아버지는 저녁 식사 후, 평소와 같이 안락의자에 앉은 채로 잠이 들었고, 어머니는 등불 아래에 몸을 내밀고 얼마 전 가게에서 맡아 온 고급 속옷을 바느질하고 있었으며, 점원이 된 누이동생은 좀 더 나은 일자리를 구하기 위하여 저녁엔 속기술과 프랑스어를 공부하고 있었다. 이따금 아버지가 눈을 떴는데 잠꼬대인지 어머니를 향하여

"뭘 그렇게 늦게까지 꿰매고 있어!"

하고는 곧 다시 잠들어 버렸다. 그러면 어머니와 누이동생은 서로 힘없이 미소를 주고받는 것이었다.

아버지는 집에 돌아와서도 절대 수위 제복을 벗지 않았다. 잠옷은 필요가 없었다. 그는 아직도 자기 직장에서 상관의 명령을 기다리고 있는 것처럼 제복을 단정하게 입은 채로 졸았다. 지급받을 때부터 신품이 아니었던 이 제복은 어머니와 누이동생이 늘 손질했음에도 불구하고 허름했다. 그레고르는 어머니와 누이동생이 윤이 나게 닦아서 번쩍거리는, 누런 금단추가 달려 있는 얼룩투성이의 그 제복을 저녁 내내 쳐다보곤 하였다. 이런 제복을 입은 늙은 아버지는 매우 낯설어 보였지만, 그러나 곤하게 잠들어 있었다.

10시가 되면 항상 어머니는 작은 목소리로 아버지를 흔들었다. 그리고 침대로 가서 편히 자도록 하기 위해 무진 애를 썼다. 사실 그런 상태로 잠을 자게 되면 편하지도 않을 뿐만 아니라, 아버지는 아침 일찍 출근을 해야 하기 때문에 충분한 수면이 필요했다. 그러나 수위가 된 이후로 고집만 세진 아버지는 오래 거실에 있기를 원했고 그러다가 이내 다시 잠이 들어 버렸다. 그런 아버지를 안락의자에서 침대로 잠자리를 옮기도록 하는 일은 무척 힘든 일이었다. 어머니와 누이동생이 잠을 깨우러

고 흔들면 부친은 15분 정도는 눈을 감은채로 고개만 가로 저을
뿐 자리에서 움직이려 하지 않았었다. 어머니는 아버지의 옷깃
을 잡아당기면서 그의 귓가에 대고 뭐라고 속삭였고, 누이동생
은 하던 공부를 중단하고 합세했다. 그래도 아버지는 전혀 움직
이지 않았고, 점점 더 깊숙하게 안락의자 속으로 파묻히는 것이
었다. 어머니가 아버지의 겨드랑이 밑으로 손을 넣으면, 그제서
야 그는 겨우 눈을 뜨고 어머니와 누이동생을 번갈아 보면서 입
버릇처럼 늘 하던 말을 중얼거렸다.

"이것이 인생이다. 나의 늘그막의 안식이란게 요모양요꼴이
란 말이야."

그리고는 두 여인의 부축을 받으며 무겁게 몸을 일으켰다. 그
것은 마치 자신의 몸이 자신에게도 무거운 짐으로 느껴진다는
듯한 모습이었다.

아버지는 그녀들을 따라 문 앞까지 갔다. 어머니는 재빨리 바
느질 도구를 챙기고 누이동생은 펜을 정리해서 아버지의 뒤를
쫓아서 잠자리를 돌봐 주는 것이었다.

모두 일에 지쳐 피곤해서 아무도 그레고르를 보살펴 줄 여유
가 없었다. 집안 살림은 점점 궁핍해져 갔다. 결국은 하녀도 내
보내게 되었고, 그 대신 나이 먹고 백발 흩날리는 몸집이 큰 여

인이 아침저녁으로 드나들며 가장 힘든 일만을 해 주고 갈 뿐이었다. 그 외의 모든 일은 어머니가 바느질을 하면서 해냈다. 심지어는 이전에 어머니와 누이동생이 친목회나 축하 모임이 있을 때면 화려하게 몸에 치장하던 여러 가지 잡다한 장식품 같은 것들도 팔게 되었다. 이 사실은 저녁에 가족들이 모두 모여서 그것을 얼마나 받고 팔면 될까 하고 서로 의논하는 것을 엿듣고서야 알게 된 일이다. 그러나 가장 큰 문제는 언제나 집 문제였다. 현재의 형편으로 이 집은 너무 컸다. 그러나 이사를 할 엄두가 나지 않았다. 그레고르를 어떻게 옮겨야 할지 모르기 때문이었다. 그러나 그레고르는 이사를 방해하고 있는 것이 단지 그레고르에 대한 배려 때문만은 아니라는 사실을 잘 알고 있었다. 적당한 상자에다 숨만 쉴 수 있게 해주기만 하면 그레고르쯤은 문제없이 운반할 수 있을 것이다.

이사를 방해하고 있는 진짜 이유는 완전한 절망감과, 여러 친척들의 눈총 때문이었다. 세상이 가난한 사람들에게 보내는 여러 가지 시선들에 대해서는 온 집안 식구들이 이미 포용하고 있었다. 아버지는 은행의 말단 직원들을 위해 아침 식사를 날라다 주는 일까지도 주저하지 않았다. 어머니는 어머니대로 남의 빨랫감을 얻어 하느라 자신을 희생했고, 누이동생은 손님의 기호에 따라 판매대 뒤에서 바쁘게 뛰었다. 이미 가족들은 지쳐 있었다.

아버지의 잠자리를 돌봐주고 어머니와 누이동생은 다시 거실로 돌아왔다. 그리고 일감은 쳐다보지도 않고, 볼과 볼이 맞닿을 정도로 바짝 다가앉아 얘기를 나누었다. 어머니가 그레고르의 방을 가리키며, "그레테야, 저 문을 닫아라." 하고 말했다.

그레고르는 또다시 어둠 속에 혼자 남게 되었다. 거실에서는 두 여인이 소리없이 눈물을 훔치며 테이블만 뚫어지게 응시하고 앉아 있었다. 그럴 때면 그레고르의 등의 상처는 방금 입은 상처인 양 다시 아파오기 시작했다.

그레고르는 밤낮을 거의 뜬눈으로 새다시피 했다. 그는 종종 이번에 방문이 열리면 옛날처럼 집안 살림을 자신이 도맡아 하리라고 생각해 보았다. 그의 뇌리에는 오랫동안 보지 못한 회사 사장이나 지배인, 사원과 견습 사원들, 또는 몹시 머리가 둔한 급사, 다른 장사를 하고 있는 두세 명의 친구들이 가끔 떠올랐고, 어느 시골 호텔의 하녀며, 즐거우면서 허무했던 사람들과의 추억들, 진지했으나 청혼이 너무 늦었던 어느 모자가게의 경리 처녀의 모습도 나타났다. 이러한 사람들의 모습이 전혀 낯선 사람이라 이미 다 잊어버린 사람들의 모습과 뒤섞여 있었다. 그러

나 이런 사람들은 자신과 가족들을 도와주기는커녕 서먹서먹할
정도로 멀게 느껴졌다. 그래서 그는 그들의 모습이 머릿속에서
사라져 버리기를 은근히 바랐다.

그런가 하면 가족에 대한 걱정 같은 것은 전혀 하고 싶지 않
을 때도 있었다. 그럴 때에는 자신에 대한 학대에 단지 화가 치
밀 뿐이었다. 무엇을 먹으면 식욕이 생길는지 자신도 전혀 알
수 없었고, 또 배가 고픈 것도 아니었지만 그래도 주방으로 기
어가서 자기 입맛에 맞는 몇 가지를 가져올 계획을 세워 보기도
하였다. 누이동생도 요즘은 그레고르가 무엇을 원하는지 생각
해 보지도 않고, 아침이나 점심때 가게에 나가기 전에 아무 음
식물이나 대충 챙겨서 발끝으로 그의 방에 밀어 넣었다. 그리고
저녁때는 그가 음식에 손을 댔건 안 댔건 (이런 일이 가장 자주 반
복되었는데도) 아무 반응도 나타내지 않고 빗자루질을 해 버리는
것이었다. 누이동생이 늘 하던 방 청소도 지금에 와서는 하는
둥 마는 둥 했다. 벽을 따라 사방에 더러운 자국이 줄줄이 남아
있었으며, 여기저기에 갖가지 먼지와 오물 덩어리가 흩어져 있
었다.

그는 처음에는 누이동생이 방에 들어올 때, 일부러 더러운 구
석에 가있음으로써 어느 정도 눈치를 주려 했다. 그러나 아무

리 오랫동안 그곳에 웅크리고 있어도 누이동생의 태도는 변함
이 없었다. 누이동생은 그레고르와 마찬가지로 틀림없이 오물
을 발견했을 텐데도, 마치 오물을 그냥 방치해 두려고 결심한
사람처럼 보였다. 오히려 누가 그레고르의 방 청소에 대한 자신
의 특권을 침해하기라도 할까 봐, 신경을 곤두 세웠다. 언젠가
어머니가 서너 통의 물로 그레고르의 방을 대청소한 일이 있었
다. 그때 방이 온통 물바다가 되어 기분이 몹시 상한 그레고르
는 화가 나서 소파 위에서 꼼짝하지 않고 있었다. 결국 모친은
그 벌을 받았다. 왜냐하면 저녁에 돌아온 누이동생이 그레고르
의 방 상태가 변한 것을 확인하고는 몹시 화를 내며 어머니에게
달려가 눈을 흘기며 돌아서서 울음을 터뜨렸던 것이다. 이 울음
소리에 놀란 아버지가 안락의자에서 벌떡 일어났다. 그녀의 태
도에 부모님은 놀라고 질려서 아무 말도 할 수 없었다. 그러나
뒤늦게 전후 사정을 눈치 챈 아버지는 어머니를 향해서 왜 당신
은 그레고르의 방 청소를 딸아이에게 맡겨 두지 않았느냐고 어
머니를 책망했고, 그레테에게는 앞으로 다시는 어머니가 청소
같은 것을 하지 못하도록 다짐을 받겠다고 했다. 어머니는 당황
하여, 격분해서 정신을 못 차리고 있는 아버지를 진정시키려 했
다. 한쪽에서는 그레테가 경련을 일으키며 몹시 흐느껴 울며 테

이블을 미친 듯이 두드렸다. 방문이 닫혀 있었더라면 이런 장면을 보지 않아도 되고, 이런 소란을 듣지 않아도 될 것을 아무도 문에는 신경을 쓰지 않았다. 그레고르는 너무 흥분한 나머지 큰 소리로 쉿하는 소리를 냈다.

그러나 아무리 누이동생이 근무에 시달려 그레고르를 돌보는 일에 싫증을 내고 있다 할지라도, 어머니가 딸 대신에 애를 쓸 필요는 조금도 없었다. 왜냐하면 고용된 늙은 할멈이 있었기 때문이다. 오랜 세월동안 온갖 쓰라린 일을 겪어 온 이 할멈은 그레고르를 처음부터 조금도 두려워하지 않았다. 그녀는 어느 땐가 우연히 그레고르의 방문을 열어 본 일이 있었다.

그것은 단순한 호기심 때문이 아니었다. 몹시 놀란 그레고르는 누구에게 쫓기는 것도 아니면서 슬슬 피해 다니기 시작했다. 그러자 그 할멈은 양손을 아랫배 위에 대고 깍지 긴 채 그레고르의 모습을 바라보고 있었다.

그 후론 시간만 나면 아침저녁으로 슬그머니 문을 열고 몰래 그레고르를 들여다보는 일을 계속했다.

처음에 할멈은 "늙은 말똥벌레야, 이쪽으로 오너라." 라든가 "어머! 저 늙은 말똥벌레 좀 봐." 라는, 그녀로서는 다분히 정다운 말을 건네듯 그레고르를 자기 쪽으로 오도록 유인했다. 그러나 그레고르는 그런 소리는 무시해 버렸다. 문이 열린 것을 모른 체하며 자신이 있는 자리에서 전혀 움직이지 않았다. 늘 할멈이 심심할 때마다 한 번씩 하는 무의미한 장난에 시달리느니 차라리 매일 할멈에게 방청소를 시키는 것이 나을 뻔했다. 어느 날 아침 (세찬 빗방울이 유리창에 와 부딪쳤는데, 이것도 아마 봄이 오고 있는 중이었을 것이다.) 할멈이 또다시 그레고르의 방문을 열고 전과 같은 말투로 놀리기 시작했으므로, 그레고르는 몹시 화를 내며, 힘은 없었지만 달려들 듯한 자세를 하고 그 할멈 쪽으로 천천히 몸을 돌렸다. 그러나 할멈은 놀라기는커녕 문 옆에 있던 의자 하나를 꼿꼿이 쳐들었다. 입을 크게 벌리고 선 그 모습은 손에 든 의자로 당장이라도 그레고르의 등을 내리칠 것처럼 보였다.

"뭐야, 겨우 그것뿐이냐!"

그녀는 그레고르가 다시 제자리로 돌아가는 것을 보며 그렇게 말하고는 자기도 의자를 조용히 구석에다 다시 내려놓았다.

최근에 와서 그레고르는 거의 아무것도 먹지 않았다. 다만 기어다니다가 우연히 음식물 옆을 스칠 때에만 장난삼아 한 입 먹어 보거나, 삼키지 않고 몇 시간 동안을 입에 머금고 있다가 대개는 나중에 뱉어 버렸다. 처음에 그는 이처럼 아무것도 먹을 수 없는 이유가 이 방의 상태가 너무 비참하기 때문이라고 생각했으나, 실제로는 몇 번이나 변한 이 방의 상태에 곧 익숙해져 있었다. 또한 식구들에게는 이상한 습관이 생겼다. 그것은 달리 둘 곳이 마땅치 않은 갖가지 물건을 이 방에다 넣어 두는 것이었다. 그러한 물건들은 꽤 많았다. 왜냐하면 집 안의 방 하나를 세 사람이 하숙했기 때문이다. 그 성미가 까다로운 하숙인은 (어느 땐가 그레고르가 문틈으로 확인한 바로는 세 사람이 모두 얼굴에 수염을 기르고 있었다.) 지나칠 정도로 질서와 청결을 중요시하는 사람들이었다. 그것도 자기가 쓰는 방뿐만 아니라, 하숙생이라 할지라도 어찌 되었든 이 집안 사람이 된 이상에는 이 집 전체, 특히 부엌이 청결해야 된다고 이것저것 참견했다. 필요 없는 물건이나, 아주 더러워진 잡동사니들에 대해서는 한 치의 양보도 없었다. 더구나 재를 치우는 상자며, 부엌에서 쓰던 쓰레기통까지도 그레고르의 방으로 옮겨졌다.

할멈은 당장 필요치 않은 물건들은 눈에 띄기 무섭게 모조리 그레고르의 방으로 쑤셔넣었다. 다행스럽게도 그레고르의 눈에는 할멈이 날라 오는 물건과 그 물건을 들고 있는 손 이외에는 아무것도 보이지 않았다. 틀림없이 할멈은 언제나 기회를 보아서 그런 물건들을 다시 찾으러 오거나, 혹은 전부 모아 두었다가 한꺼번에 내다 버릴 속셈이었겠지만, 사실은 모두 그내로 지음 던져두었던 그 자리에서 뒹굴고 있었다. 그레고르는 그 잡동사니들 때문에 돌아다닐 수가 없었다. 자유스럽게 기어 다닐 통로가 없었기 때문에, 그는 할 수 없이 그것들을 치워 버렸다. 그러나 그런 일을 하고 난 후에는 초죽음이 되어 공연히 우울해져 몇 시간 동안은 움직이지 않았다. 그러나 잡동사니를 옮기는 일에 점점 재미를 느끼게 되었다.

하숙을 하는 신사들은 가끔 한자리에 모여 저녁 식사를 하는 일도 있었다. 그럴 때는 항상 문을 닫았다. 그러나 그레고르는 이 일에 그다지 신경이 쓰이지 않았다. 그는 문이 열려 있는 밤에도 그것을 이용하지 않았으며, 집안 사람들의 눈에 띌까 봐 자기 방 제일 어두운 구석에 엎드려 지냈던 것이다. 그러던 어느 날인가, 할멈이 거실의 문을 약간 열어 놓은 채로 내버려둔 일이 있었다. 저녁이 되어 하숙인들이 거실로 들어와서 불을 켰을 때에도 문은 그대로 열린 채로 있었다. 세 사람은 테이블 윗자리에 앉게 되었다. 예전에 부모님과 그레고르가 앉았던 자리였다. 세 사람은 냅킨을 펼치고 나이프와 포크를 손에 들었다. 그러자 어머니가 고기를 담은 큰 접시를 들고 문 앞에 모습을 나타냈다. 곧 이어서 누이동생이 감자를 담은 그릇을 들고 나타났다. 음식에선 김이 무럭무럭 오르고 진한 냄새를 풍기고 있었다. 하숙생들은 음식을 먹기 위해 대접 위로 몸을 구부렸다. 실제로 세 사람 중에서 우두머리격으로 보이는 중앙에 앉은 사내가 큰 접시에 담긴 고기를 할 조각 썰어냈다. 충분히 연한지 어떤지, 그러니까 주방으로 다시 보내지 않아도 좋은지 어떤지를 알기 위한 것이 분명했다. 그는 만족해했다. 그때서야 긴장된 표정으로 그들의 모습을 지켜보고 있던 어머니와 누이동생이 안도의 숨을 내쉬면서 서로를 쳐다보며 미소를 지었다.

집안 식구들은 부엌에서 식사를 했다. 그래도 아버지만은 부엌으로 가기 전에 거실에 들러 제모를 손에 들고 머리를 한 번 꾸벅 숙여 보이고는 테이블 주위를 한 바퀴 돌았다. 하숙인 세 사람 모두 일어서서 무슨 말인지 중얼거렸다. 그러나 자기들만 남게 되자 거의 아무 말 없이 식사를 계속했다. 그레고르는 이상한 소리를 들었는데, 그것은 식사 중에 아삭아삭 음식을 씹는 이빨 소리였다. 그 소리는 마치 그레고르에게, 음식을 먹는 데는 이빨이라는 것이 필요하며 아무리 훌륭한 입도 이빨이 없으면 아무것도 아니라는 사실을 일깨워 주기 위해서 들려오는 것 같았다.

그레고르는 슬픈 듯 중얼거렸다.

"나도 무엇인가 먹고 싶나. 그러나 서틴 음식은 싫어. 지들 먹으로 먹어 치우다가는 죽어 버리고 말겠어."

바로 그 날 저녁의 일이었다. 주방 쪽에서 바이올린 소리가 들려 왔다. (그레고르는 변신을 한 이후로 바이올린 소리를 한 번도 들은 기억이 없었다.) 하숙을 하는 세 신사는 이미 식사를 마치고, 중앙에 있는 사람이 신문을 꺼내어 다른 두 사람에게 한 장씩 넘겨주고 있었다. 그들은 각자 의자에 기대어 조용히 신문을 읽으면서 담배를 피웠다. 그때 바이올린 소리가 들리자, 세 사람은 놀란 표정을 하고 의자에서 일어나 살금살금 현관 쪽으로 걸어가서는 부엌 문 앞에 모여 섰다. 부엌에서 그 발소리를 들었는지 아버지가 입을 열었다.

"시끄럽지 않으십니까? 그렇다면 당장 그만두게 하겠습니다."

"천만에요."

하고 우두머리 격인 사내가 대답했다.

"괜찮으시다면 따님께서 거실로 나오셔서 연주하시면 어떻겠습니까? 그 편이 훨씬 돋보이고 흐뭇할 테니까요."

"네, 그렇게 합시다."

아버지는 마치 자신이 바이올린을 연주한 장본인처럼 말했다. 하숙인들은 거실로 돌아와서 그들을 기다렸다. 이윽고 아버지는 악보대를 들고 어머니는 악보를, 누이동생은 바이올린을 들고 세 사람이 함께 거실에 나타났다. 누이동생은 침착한 태도로 연주 준비를 끝마쳤다. 이제까지 하숙을 친일이 없었기 때문에 부모님은 지나칠 정도로 하숙인들에게 예의를 갖추었다. 따라서 자신들은 의자에 앉으려고 하지도 않았다. 아버지는 문에 몸을 기대고 서서 제복의 단추들 사이에 오른손을 찔러 넣고 있었다.

그리고 어머니는 하숙인 한 사람이 의자를 권해 자리에 앉았다. 그 사람이 의자를 놓아 준 곳은 방안의 한구석이었지만 어머니는 그대로 앉아 있었다.

누이동생은 이윽고 바이올린을 연주하기 시작했다. 아버지와 어머니는 각자의 자리에서 딸의 손놀림을 주의 깊게 지켜보고 있었다. 그레고르는 연주 소리에 끌려 자신도 모르는 사이에 이미 고개를 거실 안으로 내밀고 있었다. 그는 요사이 다른 사람들에게는 거의 무관심한 상태로 지냈다. 그리고 그런 사실을 의아하게 생각하지도 않았다. 그전까지는 다른 사람의 일에 관심을 쏟았었고, 또 그것을 자랑스럽게까지 여겼었다. 그런데 지금이야말로 남의 눈을 의식해야만 될 충분한 이유를 갖고 있지 않은가?

지금 그의 방안은 사방이 먼지투성이였기 때문에 조금만 움직여도 풀썩풀썩 먼지가 일었다. 그래서 그의 몸은 온통 먼지를 흠뻑 뒤집어쓰고 있는 상태였다. 그는 실밥이며 머리칼, 음식 찌꺼기 같은 것들을 등과 옆구리에 잔뜩 붙인 채로 기어 다니고 있었다. 예전 같으면 몇 차례씩 등을 아래로 하고 누워서 바닥의 양탄자에다 몸을 비벼 대던 일도 모든 것에 대해 무관심해진 이후 도무지 그럴 의욕마저도 상실하고 있었다. 그런 상태로 휴지 하나 떨어져 있지 않은 거실로 기어 나오면서도 그레고르는 아무런 거리낌이 없었다.

물론 그에게 관심을 갖는 사람은 하나도 없었다. 가족들은 바이올린 연주에 완전히 정신을 빼앗기고 있었다. 하숙인들은 손을 바지 주머니 속에 찔러 넣고서 악보대 바로 뒤에 자리를 잡고 서 있었다. 세 사람은 모두 악보를 들여다볼 수 있는 자리(확실히 누이동생의 연주에 방해가 되었을 것이다.)였다.

그러나 그들은 곧 고개를 숙이고 나지막한 소리로 속삭이더니 창가로 물러갔다. 아버지는 불안한 시선으로 그들을 바라보며 그 자리에 서 있었다.

그들은 훌륭하고 감미로운 바이올린 연주를 들을 수 있으리라고 기대하였다가 그만 싫증난 모양이었다. 단지 실례가 될

까 마지못해 듣고 있는 것이 분명했다. 특히 그들이 담배 연기
를 코와 입으로 내뿜는 모습은 몹시 초조해 하고 있다는 것을
알 수 있었다. 누이동생은 여전히 아름다운 연주에 몰두하고 있
었다. 고개는 한쪽으로 기우뚱하고, 눈은 마치 무엇을 음미하듯
슬픈 표정으로 악보를 훑어내리고 있었다. 그레고르는 조금 더
앞으로 기어갔다. 가능하다면 누이동생의 시선과 마주치기 위
해 머리를 마룻바닥에 딱 붙여 버릴 정도로 낮게 수그렸다. 이
토록 음악 소리에 감동을 느끼는데도 내가 아직 동물이란 말인
가? 그레고르는 자신이 동경하는 마음의 양식을 얻는 길이 열
리는 듯한 기분이었다. 그는 누이동생의 곁에 가서 치맛자락
을 끌어당겨 누이동생에게 자기 방으로 와서 바이올린을 연주
해 주기를 바란다는 그의 희망을 알릴 생각이었다. 실제로 이들
중에는 누이동생의 연주를 그레고르만큼 칭찬해 줄 사람은 아
무도 없는 것 같았다. 그렇다, 실제 그렇게만 된다면 최소한 그
가 살아 있는 동안에는 누이동생을 그의 방 밖으로 다시는 내보
내지 않으리라. 흉측한 그의 몰골은 그때 비로소 그에게 도움이
될 것이다. 모든 출입구를 지켜서 침입자에게는 으르렁거리면
서 덤벼들 것이다. 그러나 누이동생을 강제로 방에 붙잡아 두어
서는 안 된다. 누이동생 스스로의 뜻이 아니면 안 된다. 누이동

생과 나란히 소파 위에 앉아 그녀의 머리를 나의 쪽으로 기울이
게 할 것이다. 그리고 그녀를 음악 학교에 보낼 굳은 결심을 하
고 있었노라고 누이동생에게 말해주자. 만일 이런 불행한 일만
생기지 않았더라면 크리스마스 때 (크리스마스는 이미 지나 버렸겠지
만) 어떤 반대를 무릅쓰고서라도 온 가족 앞에서 이 계획을 발표
할 할 작정이었다고 말할 것이다. 이런 이야기를 하고 나면 분
명히 누이동생은 감격한 나머지 눈물을 흘릴 것이다. 그러면 누
이동생의 어깨까지 기어 올라가서 그녀의 목에 입을 맞추어 주
리라. 누이동생은 직장에 나가고부터는 리본도 칼라도 달지 않
고 목을 드러내 놓고 다녔다.

"잠자 씨!"

그때 돌연 우두머리격인 사내가 아버지를 향하여 소리치더니
더 이상 아무 말도 하지 못하고 천천히 앞으로 기어 나오고 있
는 그레고르를 손가락으로 가리켰다. 그때 바이올린 소리가 멈
췄다. 그 사내는 고개를 가로저으며 다른 친구들에게 살짝 미소
를 던지더니 다시 그레고르를 쳐다보았다.

아버지는 그레고르를 쫓아 버리는 것보다는 하숙인들의 마음
을 진정시키는 것이 더 시급하다고 생각하는 것 같았다. 그러나
하숙인들은 흥분하기는커녕 오히려 바이올린 연주보다도 그레

고르에게 더 흥미를 느끼는 듯하였다. 아버지는 급히 그들 쪽으로 다가가서 양팔을 크게 벌리고, 그들을 그들의 방으로 돌려보내려고 애를 쓰는 동시에 몸으로는 그레고르가 보이지 않도록 가로막았다. 그러자 그들은 약간 화를 내는 눈치였다.

아버지의 태도에 화를 내는 건지 아니면 그레고르와 같은 존재가 바로 옆방에서 살고 있으리라고는 생각지도 못했었는데, 그제서야 알게 되어 화가 난 것인지는 알 수가 없었다. 하숙인들은 아버지에게 해명을 요구하고, 자신들도 팔을 쳐들어 조급하게 수염을 꼬면서 천천히 자기들의 방으로 물러갔다. 그 사이 누이동생은 연주를 중단하고 잠시 동안 넋이 나간 표정으로 서 있었다. 이윽고 정신을 차리고 축 늘어뜨리고 있던 양손에 바이올린과 활을 들고 계속 연주를 하려는 듯이 악보를 들여다보다가는 갑자기 몸을 일으켰다. 그리고 숨이 막히는 듯이 가슴을 들먹거리더니, 그대로 앉아 있던 어머니의 무릎 위에다 악기를 내려놓고는 앞질러 하숙인들의 방으로 달려갔다. 하숙인들은 아버지에게 쫓겨서 급히 자기들의 방으로 들어가고 있었다. 누이동생은 익숙한 솜씨로 침대에 있던 베개와 이불을 펼치더니 순식간에 잠자리를 깨끗이 정리했다. 그녀는 하숙인들이 방안으로 들어오기 전에 이미 침대 정돈을 끝내고 그 방을 빠져 나왔다. 아버지는 또다시 자기 고집에 사로잡힌 것처럼, 평소 하숙인들에게 베풀었던 친절조차 완전히 잊어버린 듯 오로지 세 사람을 밀어붙이기에만 여념이 없었다. 마침내 방문에 다다랐을 때 우두머리 격인 남자가 쾅 하고 발을 굴렀기 때문에 아버지는 그만 멈추어 섰다.

"지금 이 자리에서 선언해 두지만……."

그는 한쪽 손을 쳐들고 어머니와 누이동생의 모습을 힐끗 보며 이렇게 말했다.

"나는 이 집과 당신 가족들 사이에 존재하는 이 불쾌한 분위기를 고려하여 (그는 순간적으로 결심을 한 듯 단호하게 마루에 침을 뱉었다.) 방을 해약하겠소. 물론 지금가지의 하숙비는 한 푼도 지불할 수 없소. 그 대신 나는 앞으로, 극히 타당한 이유의 손해 배상 청구를 당신들에게 제기할 것인지 어쩔 것인지의 여부를 고려해 볼 작정이오."

그는 입을 다물고 마치 무엇인가를 기대하고 있는 것처럼 앞쪽을 똑바로 쳐다보았다. 과연 그의 두 친구들이 곧 입을 열었다.

"또한 우리들도 이 자리에서 해약하겠소."

그런 다음 우두머리 격인 사내가 문의 손잡이를 쥐고는 냉정

하게 문을 닫았다.

　아버지는 손을 허우적거리고 몸은 비틀거리며 자기 의자로 돌아와서는 털썩 주저앉았다. 언뜻 보기에는 평소처럼 초저녁 잠을 자는 것 같았지만 불안정하게 머리를 끄덕이는 것으로 보아 결코 자는 것이 아님을 알 수 있었다. 그 동안 그레고르는 하숙인들이 처음 자기를 발견한 바로 그 자리에 조용히 웅크리고 있었다. 그는 자신의 계획이 성공하지 못한 사실에 대한 실망과 오랫동안의 굶주림에서 오는 허가로 인해 도저히 몸을 움직일 수가 없었다. 그는 당장에라도 그의 몸에 닥쳐올 무자비하고 몰인정한 상황에 대해 확실한 두려움을 느끼면서도 그 순간을 기다리고 있었다. 그때 어머니의 손이 떨리더니 무릎에서 바이올린이 미끄러져 아래로 떨어지면서 큰 소리를 냈지만 그레고르를 놀라게 하지는 못했다.

　"어머니! 아버지!"

　누이동생은 이렇게 말의 서두를 끄집어내며 손으로 테이블을 두드렸다.

　"더 이상 이런 식으로 살아 나갈 순 없어요. 두 분께서는 아직 사정을 모르시고 계실지 모르지만 저는 잘 알아요. 저는 이 흉측한 괴물을 오빠라는 이름으로 입에 담고 싶지도 않아요. 그러

니까 제가 말씀드리고 싶은 것은, 우리는 저것을 없애 버릴 계
획을 세우지 않으면 안 된다는 거예요. 우리는 인간으로서 저것
을 먹여 살리고 참고 견디는데 할 만큼 다했잖아요. 그 누구도
우리를 비난하지는 못할 거예요."

"그래 네 말이 옳다."

아버지는 혼잣말처럼 했다. 아직도 완전히 숨이 가라앉지 않
은 어머니는 마치 넋이 나간 듯한 눈길로 아직도 숨이 가쁜지
입에 손을 대고 심하게 기침을 하기 시작했다.

누이동생은 어머니에게로 급히 달려가서 이마를 짚어 주었
다. 아버지는 딸의 이야기를 듣고 무엇인가 결심이라도 한 듯 똑
바로 의자에 앉아서 하숙인들이 식사를 한 후에 아직 식탁 위에
놓여 있는 접시들 사이에 있는 자신의 제모를 만지작거렸다. 그
리고 가끔씩 꼼짝하지 않고 누워 있는 그레고르를 쳐다보았다.

"우리는 저것을 없애 버려야만 해요."

누이동생은 아버지에게 단호한 어조로 말했다. 어머니는 기
침 때문에 아무 말도 알아듣지 못하였다.

"저것은 아버지와 어머니를 돌아가시게 할 거예요. 어쩐지
자꾸 그런 생각이 들어요. 모두 이렇게 고생하면서 일을 해야
하는 우리들 처지에 도대체 어떻게 저런 끝없는 골칫거리를 집

안에 두고 살 수가 있겠어요? 저는 이제 더 이상 참을 수가 없어요."

이렇게 말하고 누이동생은 울음을 터뜨렸다. 그러자 어머니의 얼굴에서도 눈물이 흘렀다. 그것을 본 누이동생은 거의 기계적으로 손을 움직여 어머니의 얼굴에서 그 눈물을 닦아 주었다.

"애야."

아버지는 정답고도 동정하는 듯한 표정을 지으면서 말했다.

"그러면 우리들이 어떻게 하면 좋겠다는 말이냐?"

누이동생은 무슨 구체적으로 계획이 있었던 것은 아니라는 듯이 그저 어깨를 들썩일 뿐이었다. 울고 있던 사이에 그처럼 단호했던 마음도 누그러져, 도리어 어떻게 해야 좋을는지 망설이는 태도였다.

"저 녀석이 우리들의 마음을 조금이라도 알아주기만 한다면……."

아버지가 반쯤 묻는 듯한 투로 말했다. 누이동생은 울면서 그런 일은 생각지도 말라는 듯이 격렬하게 한쪽 손을 내저었다.

"저 녀석이 우리들의 마음을 조금이라도 알아준다면……."

아버지는 같은 말을 되풀이하고는 그런 일은 있을 수도 없다는 누이동생의 확신을 스스로에게 긍정이라도 하는 듯이 두 눈을 감아 버렸다.

"그렇게만 된다면 저 녀석과 타협하는 것도 무리가 아닐 텐데, 그런데 꼬락서니가 저 모양이니……."

"내쫓아 버리는 거예요."

누이동생이 말했다.

"그 방법밖에는 없어요. 저것이 그레고르 오빠라는 생각은 버리셔야 해요. 우리가 지금까지 그렇게 믿어 온 것이 사실은 우리들의 불행이었어요. 어떻게 저것이 그레고르란 말인가요? 만일 저것이 정말 그레고르였다면, 인간이 자기와 같은 짐승과는 함께 살 수 없다는 것쯤은 벌써 알아차리고 틀림없이 스스로 나가 버렸을 거예요. 그렇게만 되었다면 오빠는 없어졌어도 우리는 어떻게 해서든지 살아남아서 오빠를 존경하면서 오빠에 대한 추억을 소중히 간직하며 지낼 수 있었을 거예요. 그런데 저 짐승은 우리들을 희롱하고, 하숙인들을 내쫓고, 급기야는 이집 전체를 점령하고 우리들을 길거리로 몰아낼 거예요. 네, 저것 좀 보세요, 아버지!"

누이동생은 별안간 소리를 질렀다.

"또 장난을 시작했어요!"

그레고르에 대한 알 수 없는 공포에 사로잡힌 누이동생은 어

머니가 앉아 있는 의자로부터 멀찍이 떨어져서 물러났다. 누이
동생은 그레고르 옆에서 자신이 희생되느니보다는 어머니를 희
생시키는 편이 낫다는 듯이 어머니의 의자 뒤에서 어느덧 아버
지의 등 뒤로 도망쳤다. 아버지는 딸이 움직임에 흥분한 듯, 같
이 일어서서 누이동생을 보호하려는 것처럼 양팔을 앞으로 쳐
들었다.

그러나 그레고르는 누이동생은 물론 그 누구도 불안하게 만
들 생각은 전혀 없었다. 그는 단지 자기 방으로 돌아가기 위해
서 몸을 돌리기 시작한 것이다. 참혹한 현재의 상태에서는 몸
을 조금만 돌리려고 해도 머리의 힘이 필요했다. 그래서 여러
번 고개를 쳐들었다가는 마룻바닥에 내리쳤다. 그 이상한 동작
은 그들을 의아스럽고 놀라게 했다. 그는 동작을 멈추고 주위를
둘러보았다. 그의 악의 없음을 겨우 알아차린 것 같았다. 그들
의 놀라움은 모두 순간적인 것이었으며, 이제 가족들은 모두 입
을 다물고 슬픈 표정으로 그레고르를 바라보고 있었다. 어머니
는 의자에 앉아서 두 다리를 모아 앞으로 쭉 뻗고 있었다. 누이
동생은 한쪽 팔로 아버지의 목을 껴안고 있었다.

'자, 이젠 다시 시작해도 상관없겠지.'

그레고르는 생각하며 다시 방향을 돌리기 시작했다. 그는 시

쳐서 애써 숨을 돌리며 간혹 쉬기도 했다. 그렇다고 해서 그를 괴롭히는 사람은 없었다. 모든 것을 그가 하는 대로 내버려두었다. 그는 방향을 돌려 곧장 자기의 방으로 기어가기 시작했다. 그는 자신의 방까지의 거리가 그렇게 멀게 느껴지는 것에 대해 새삼 놀랐다. 조금 전에는 도대체 어떻게 이 쇠약한 몸을 이끌고 이처럼 먼 거리를 간단하게 기어 나올 수 있었는지 신기한 일이 아닐 수 없다. 빨리 기어가야만 된다고 생각한 나머지, 그는 가족들의 말소리나 한 마디의 외침도 전혀 그를 방해하지 않았다는 사실을 거의 의식하지 못했다. 그는 거의 문 앞까지 왔을 때에야 비로소 뒤를 돌아보았으나 고개가 말을 잘 듣지 않았다. 목이 굳어져 가고 있는 것 같았다. 그래도 자신의 뒤쪽에서는 여전히 달라진 것이 없었고, 다만 누이동생이 서 있는 것만이 보였다. 그때 그레고르의 마지막 시선이 어머니를 스쳤다. 어머니는 이미 잠들어 있었다.

  그가 방안으로 들어서자마자 성급하게 문이 닫히고 굳게 빗장이 걸렸다. 갑자기 일어난 이 소란 때문에 그레고르는 몹시 놀라서 다리가 휘청거리며 꺾일 정도였다. 이렇게 성급히 굴어댄 것은 누이동생이었다. 그녀는 미리 일어나서 기다리고 있다가 그레고르가 방안으로 들어가자마자 번개같이 달려와 문을 잠구었던 것이다. 그레고르의 귀에는 누이동생의 발자국 소리가 전혀 느껴지지 않았었다.

"이제는 됐어요, 겨우 끝났어요!"

누이동생은 열쇠를 잠궈 돌리면서 부모님을 향해 외쳤다.

"자아, 이제부터 어쩐다?"

그레고르는 스스로에게 물으며 어둠속에서 주위를 둘러보았다. 그는 자신이 더 이상 움직일 수 없게 되었음을 알았다. 그러나 그는 그것을 별로 이상하게 생각하지도 않았다. 오히려 지금까지 이 가느다란 다리로 기어 다닐 수 있었다는 것이 신기할 정도였다. 다른 한편으로는 약간의 쾌감까지 느껴졌다. 물론 전신이 아프기는 했지만, 그것도 이내 가라앉았고 마침내 완전히 통증이 사라진 것을 느꼈다. 등에 박힌 썩은 사과며, 부드러운 먼지에 싸여 있는 그 주위의 염증조차도 이미 느껴지지 않았다. 그는 무한한 애정과 연민을 가지고 가족들의 일을 다시 생각해 보았다. 자신이 사라져야 한다는 생각은 누이동생보다도 그 자신이 훨씬 더 절실하게 느끼고 있었다. 그레고르는 교회의 종소리가 새벽 세 시를 칠 때까지, 이처럼 공허하고 편안한 명상에 잠겨 있었다. 창밖이 환하게 밝아오는 것이 어렴풋이 느껴졌다. 문득 그의 머리가 그도 모르게 밑으로 뚝 수그러졌다. 그리고 그의 콧구멍에서는 나지막 숨소리가 가늘게 새어 나왔다.

아침 일찍 일하는 할멈이 왔을 때 (제발 그런 짓만은 하지 말라고 지금까지 수차례나 좋게 타일렀었는데 문이란 문은 모조리 쾅쾅 때려 부술 듯이 성급하게 힘껏 여닫기 때문에, 이 할멈이 오면 집안 식구들은 더 이상 편히 잠을 수가 없었다.) 여느 때처럼 잠깐 그레고르의 방을 들여다보았으나 처음에는 별다른 이상을 발견하지 못했다. 할멈은 그레고르가 기분이 좋지 않아 일부러 꼼짝도 않고 누워 있다고 생각했다. 할멈은 그레고르가 전부터 모든 것을 분별할 줄 알고 있다고 생각했다. 그녀는 문 밖에서 마침 손에 들고 있던 긴 빗자루로 그를 간지럽히려고 했다. 그래도 아무런 반응이 없자, 그녀는 화를 내면서 그레고르의 몸을 슬쩍 안으로 밀어 보았다.

그레고르가 다시 한 번 살펴보았다. 곧 일의 진상을 알게 되자 할멈은 눈을 휘둥그렇게 뜨고 자신도 모르게 휘파람을 불었다. 할멈은 그 자리에서 머뭇거리지 않고 즉시 잠자 부부의 침실 문을 활짝 열어젖히고는 어둠 속을 향하여 큰 소리로 외쳤다.

"저리 좀 가보세요, 저것이 뻗었어요. 저것이 뻗어서 널브러져 있어요!"

침대에서 벌떡 일어난 잠자 부부는 사실을 확인하기도 전에 우선 할멈 앞에서 놀라움과 당황한 꼬락서니를 감추지 않으면

안 되었다. 그러나 곧 상황을 알아차리자 기겁을 하며 각자의
침대 좌우로 뛰어내렸다. 잠자 씨는 어깨에 담요를 두르고, 부
인은 잠옷 차림으로 그레고르의 방으로 들어갔다. 그러는 동안
에 거실의 문도 열렸다. 하숙인을 둔 이후 그레테는 거실에서
잠을 잤다. 그레테는 한잠도 자지 않은 것처럼 단정하게 완전한
옷차림을 하고 있었다. 무엇보다도 그녀의 창백한 얼굴이 사실
을 입증해 주는 것 같았다.

"정말 죽었어요?"

부인은 믿을 수 없다는 듯이 할멈을 쳐다보았다. 물론 스스로
확인해 볼 수도 있었고, 확인해 보지 않더라도 그냥 보면 알 수
있는 일이었다.

"죽은 것 같습니다."

할멈은 증명이라도 해 보이려는 듯이 멀찍이 서서 빗자루로
그레고르의 시체를 쑥 밀어 보였다. 부인은 그 할멈의 행동을
제지하려는 태도를 보였으나 실제로 그렇게 하지는 않았다.

"자, 이제 우리는 하느님께 감사를 드려야 하겠군."

잠자 씨가 말하며 성호를 그었다. 나머지 세 여자들도 그가
하는 대로 따라 했다.

그때까지 시체를 눈도 때지 않고 바라보던 그레테가 입을 열

었다.

"저것 좀 보세요. 어쩌면 저렇게 여위었을까요. 하기는 벌써 오래 전부터 아무것도 먹지를 않았어요. 먹을 것을 넣어 주어도 건드리지도 않은 채 그대로 되돌아 나오곤 했어요."

사실 그레고르의 몸은 납작하게 말라붙어 있었다. 이미 다리는 몸통을 받쳐 주지 못하고 있었다. 사람들은 주의를 끌만한 것들이 모두 없어져 버린 지금에서야 비로소 그 사실을 알게 된 것이다.

"그레테야, 잠깐 이리 좀 따라오너라."

쓸쓸한 미소를 띤 채 잠자 부인이 말했다. 그레테는 시체 쪽을 자꾸 뒤돌아보면서 부모님의 뒤를 따라 침실로 들어갔다. 할멈은 방문을 닫고 창문을 활짝 열었다. 아직 이른 새벽인데도 신선한 공기 속에는 따뜻한 온기가 감돌고 있었다. 어느덧 3월도 말일이 가까워졌던 것이다.

세 명의 하숙인들이 방에서 나와 아침 식사를 찾으며 모두 어리둥절해 했다. 그러나 모두가 그들은 안중에도 없었다.

"아침 식사는 어디 있지요?"

우두머리 격인 남자가 할멈에게 불쾌한 듯이 물었다. 그러나 할멈은 아무 말 없이 손가락을 입에 대고, 빨리 그레고르의 방으로 와 보라는 시늉을 했다. 세 사람은 할멈이 시키는 대로 그레고르의 방으로 가서 다소 낡아 보이는 웃옷 주머니에 두 손을 찌르고는 완전히 밝아진 방안에서 그레고르의 시체를 둘러싸고 서 있었다.

그때 침실로 문이 열렸다. 제복 차림의 잠자 씨가 한쪽 팔은 부인에게 또 한쪽 팔은 딸에게 부축을 받으며 나타났다. 세 사람은 모두 눈물에 젖은 얼굴들이었다. 그레테는 가끔 아버지의 팔에 얼굴을 묻었다.

"당장 우리 집에서 나가시오!"

잠자 씨는 이렇게 말하고, 두 여인에게 부축을 받았던 팔로 현관을 가리켰다.

"무슨 말씀이신가요?"

우두머리 격인 사내가 다소 놀란 듯이, 매우 다정한 미소를 지으며 말했다. 다른 두 사람은 뒷짐을 진 채로 계속 손을 비벼대고 있었다. 마치 자신들에게 유리한 언쟁이 한바탕 벌어지기를 즐거이 기다리기라도 한다는 태도였다.

"내가 방금 말했던 그대로요."

잠자 씨는 이렇게 말하고 두 여인과 함께 나란히 하숙인들 앞으로 걸어갔다. 우두머리 격인 사내는 꼼짝도 않고 그 자리에

선 채로, 이 복잡한 일들을 새롭게 정리하려는 듯이 바닥을 내려다보고 있었다.

"그러시다면 나가겠습니다."라고 말하며, 그는 잠자 씨를 쳐다보았다. 별안간 겸손한 기분으로, 마치 이 새로운 결정에 대해서도 상대방의 승낙을 구하고 싶다는 태도였다. 그러나 잠자 씨는 몇 번인가 눈을 크게 뜬 채 그저 고개를 끄덕여 보일 뿐이었다. 그러자 그는 정말로 곧장 자신들의 방 쪽으로 걸어갔다. 다른 두 사람은 꼼짝도 않고 서서 이들의 대화를 주시하고 있더니, 곧 그의 뒤를 따라갔다. 마치 잠자 씨가 먼저 자신들의 방으로 들어가서 자신들과 그 사내 사이를 가로막지나 않을까 두려워하는 것 같았다. 방안에 들어서자 세 사람은 약속이나 한 듯이 옷장에서 모자를, 지팡이 통에서 지팡이를 뽑아 들고 무뚝뚝하게 인사를 하고는 아무 말 없이 집을 나섰다.

잠자 씨는 쓸데없는 의심을 하며 (쓸데없는 걱정이었음은 곧 알게 되었다.) 두 여인과 함께 현관의 계단 앞 난간에 기대어 서서, 세 명의 사내가 천천히 차분한 발걸음으로 긴 계단을 내려가면서, 계단을 돌 때마다 한순간씩 사라졌다가 다시 나타나는 그들의 모습을 바라보고 있었다. 그들이 아래로 내려갈수록 그들에 대한 잠자 씨 가족들의 관심도 점점 사라져 갔다. 밑에서 그들과 반대로 올라오고 있던 정육점의 심부름꾼 한 사람이 그들을 지나쳐 머리에 짐을 지고 거들먹거리면서 계단 앞의 난간을 떠나 홀가분한 기분으로 집안에 들어왔다.

잠자 씨 가족은 오늘 하루를 휴식과 산책이나 하며 보내기로 했다. 그들은 쉬어야 할 이유가 충분히 있었을 뿐 아니라 반드시 휴식이 필요했다. 그러므로 세 사람은 테이블 앞에 앉아서, 잠자 씨는 지배인 앞으로, 잠자 부인과 그레테는 상점주인 앞으로 각각 결근계를 썼다. 그때 마침 할멈이 와서 아침 일이 끝났으니 그만 돌아가야겠다고 말했다. 세 사람은 결근계를 쓰던 채로 얼굴도 들어 보지 않고 고개만 끄덕거렸다. 그러나 좀처럼 할멈이 돌아가려는 기색이 없자, 그들은 불쾌하다는 듯이 얼굴을 쳐들었다.

"무슨 할 말이라도?"

잠자 씨가 물었다. 할멈은 엷은 미소를 지으며 문 앞에 서 있었다. 마치 가족들에게 무척 반가운 소식이라도 알려주려 했다가, 상대방이 캐어묻지 않는다면 알려주지 않겠다는 태도였다. 할멈의 모자 위에는 작은 타조 깃털 하나가 거의 수직으로 세워져 (예전부터 잠자 씨는 그 깃털이 마음에 들지 않았다.) 가볍게 이리저리 흔들리고 있었다.

"아직도 무슨 일이 남았나요?

잠자 부인이 물었다. 할멈은 가족들 중에서 잠자 부인을 가장 존경하고 있었다.

"네……."

그녀는 대답했으나 정다운 미소를 짓느라고 곧바로 다음 말을 잇지 못했다.

"이제 옆방에 있는 것을 치워야 할 걱정은 하시지 않아도 됩니다. 제가 벌써 다 치워 놓았어요."

잠자 부인과 그레테는 쓰다 만 결근계를 계속 쓰려는 듯이 다시 고개를 수그렸다. 잠자 씨는 할멈이 모든 상황을 자세하게 설명하려 한다는 것을 눈치채고, 손을 내밀며 단호하게 그만두라는 손짓을 해 보였다. 할멈은 상대방에게 거절을 당하자, 자신이 해야 할 바쁜 일들을 생각해 내고는 기분이 상한 듯한 목소리로,

"그럼, 모두 안녕히들 계세요."

하고 말한 후 획 돌아서서 요란스럽게 문을 닫고 돌아가는 것이었다.

"저녁에 오면 할멈을 내보내."

잠자 씨가 이렇게 말했으나, 부인도 딸도 아무런 대꾸도 하지

않았다. 간신히 되찾은 마음의 평정이 할멈으로 인해 다시 깨질
까 두려웠던 것이다. 두 여인은 일어나 창가로 가서 서로 부둥
켜안고 서 있었다. 잠자 씨는 의자에 앉아 몸을 돌려 잠시 두 사
람을 조용히 바라보고 있다가 문득 이렇게 말했다.

"자, 그만 이리로 와요. 자꾸 지난 일을 생각하면 무엇하겠
소. 이제는 내 생각도 좀 해주야지."

그녀들은 그의 곁으로 다가가서 잠자 씨를 위로하고는 서둘
러 결근계를 썼다. 그리고 그들은 함께 나섰다. 수개월 동안 이
런 일은 처음이었다. 그들은 전차를 타고 교외로 나갔다. 전차
안에는 그들뿐이었으며, 따스한 햇빛이 전차 안으로 비쳐들었
다. 그들은 의자에 등을 기대로 편안히 앉아 앞으로의 일들을
이것저것 상의했다. 잘 생각해 보면 그들의 앞날이 그렇게 어두
운 것만은 아니었다. 왜냐하면 이제까지 서로 물어 본 일은 없
었지만 세 사람의 직업은 모두가 괜찮은 편이었고 앞으로도 유
망한 직종이기 때문이다. 현재 가장 시급한 것은 한경의 변화이
지만 그것은 집을 옮기면 쉽사리 해결될 일이었다. 지금까지 그
들은 그레고르가 마련한 집에서 계속 살아왔다. 그러나 세 사람
은 현재의 그 집보다 작고, 집세도 싸고, 무엇보다도 위치가 좋
고, 전체적으로 실용적인 집이 필요했다.

그들이 그런 이야기를 하는 사이에 잠자 부부는 차츰 활기를 되찾는 딸의 모습을 바라보며, 딸이 최근 안색이 창백해질 정도의 온갖 근심과 고통에도 불구하고 아름답고 탐스러운 한 여인으로 성장해 있음을 느낄 수 있었다. 잠자 부부는 말없이 시선을 주고받으며, 앞으로 딸을 위해 좋은 신랑감을 찾아 주어야 할 때가 곧 올 것이라 생각했다. 이윽고 전차가 목적지에 도착하자, 그레테는 제일 먼저 일어나 젊고 싱싱한 팔다리를 쭉 뻗었다. 잠자 부부의 눈에는 마치 그 모습이 그들의 새로운 꿈과 아름다운 계획을 보증해 줄 것처럼 느껴졌다.

옮긴이 **김문성**

중앙대학교 교육학과를 졸업하고 미국에서 어학연수를 마쳤으며 귀국한 뒤 출판사, 잡지사 등에서 근무했다. 이후 전문 번역가로 활동하였으며 다시 미국으로 건너가 공부와 작가 생활을 병행하고 있다.

번역서로『걸리버 여행기』『지그문트 프로이트』『알프레드 아들러』『아들러 심리학 입문』『아들러 심리학 활용』『심리학 콘서트 스페셜 2: 프로이트의 심리학 입문』『심리학이란 무엇인가』『좋은 인생 좋은 습관』『30대에 다시 읽는 동화: 안데르센과 그림 형제의 만남』『마흔에 읽는 그림 형제 동화』『유식의 즐거움』외 다수가 있다. 저서로『마음공부』『이기는 심리학 1·2』『마법의 거짓말』『심리학의 탄생』이, 편저로는『심리학 개론 : 심리학의 탄생부터 마음의 치유까지』『교양의 즐거움 』『심리학의 즐거움』『이렇게 이겨라』등이 있으며,『독서와 논술』의 주요 집필진으로 참여했다.

생각을 바꾸는 인문학 변명 vs 변신

초판 인쇄 2022년 3월 25일
초판 발행 2022년 3월 30일

지은이   플라톤 · 프란츠 카프카
옮긴이   김문성
펴낸이   김상철
발행처   스타북스
등록번호   제300-2006-00104호
주소   서울시 종로구 종로 19 르메이에르종로타운 B동 920호
전화   02) 735-1312
팩스   02) 735-5501
이메일   starbooks22@naver.com
ISBN   979-11-5795-638-8   03800